우리
함께 살아갑니다

지금
이곳에서

소개

강미주 • 외과 의사

2016년부터 2020년까지 가나에서
글로벌협력의사로 일하며 동료들, 환자들과 함께한
소중한 시간을 이 책에 담았다.

곽병곤 • 소아청소년과 의사

2016년부터 2018년까지 볼리비아 글로벌협력의사로
엘알토에서 희망나무를 심었다. 산소는 부족하지만
사랑이 풍부한 그곳에서 나의 것을 나눌 수 있어 행복했다.

김병철 • 외과 의사

2017년부터 현재까지 네팔 글로벌협력의사로
한네 친선병원에서 일하고 있다. 네팔 사람들과 함께
살아가는 법을 배우고 있는 중이다.

문성호 • 한방내과 의사

2016년부터 현재까지 몽골 글로벌협력의사로
근무 중이다. 한의학의 손길이 필요한 중앙아시아에서
글로벌협력의사로 일할 수 있다는 것에 보람을 느낀다.

서정호 • 내과 의사

2016년부터 현재까지 캄보디아 글로벌협력의사로
일하고 있다. 매일 아침, 아름다운 캄보디아의 태양을
보며 새 힘을 얻고 감사함을 배운다.

송영일 • 한방재활의학과 의사

2016년부터 현재까지 우즈베키스탄에서 글로벌협력의사로
일하고 있다. 치료를 기다리는 환자들, 열심히 한의학을
공부하는 우즈벡 의대생과 의사들이 너무나도 소중하다.

오종석 • 소아청소년과 의사

2018년부터 2020년까지 글로벌협력의사로 라오스 국립아동병원에서 근무했다. 라오스에서 생활하며 새로운 삶의 속도를 배웠다.

오충현 • 이비인후과 의사

2016년부터 현재까지 글로벌협력의사로 피지에서 사람들과 함께하고 있다. '사랑은 삶의 이유… 목숨이 다하는 날까지'라는 말을 가슴 속에 담고 있다.

윤창균 • 안과 의사

2019년부터 현재까지 글로벌협력의사로 에티오피아에서 근무하고 있다. 나의 작은 노력과 도움으로 보다 많은 에티오피아인들이 빛을 찾을 수 있길 소망한다.

정중식 • 응급의학과 의사

2016년부터 2020년까지 글로벌협력의사로 카메룬에서 일했다. 삶의 무게를 묵묵하게 함께 짊어 온 아내와 듬직한 아들에게 삶의 가장 긴 호흡으로 사랑과 감사를 전한다.

정혁준 • 외과 의사

2017년부터 현재까지 우간다 물라고 국립전원병원에서 글로벌협력의사로 일하고 있다. 우리 가정에 주어진 길을 묵묵히 걸어가는 것이 기쁨이요 행복이라 믿는다.

글로벌협력의사 11인

목차

6

지구촌 곳곳에서 활동하는

한국의 의사들을 아시나요?

글로벌협력의사 11인

대한민국 정부는 의사를 파견해 지구촌의 아픈 사람을 치료해 주고 있다. 비단 어제오늘의 일이 아니다. 1968년 처음 한국 의사를 파견한 이래로 한 번도 쉬지 않고 지금까지 계속하고 있다. 50년도 더 된 세월이다. 시대가 변하면서 '정부파견의사'에서 '국제협력의사'로 그리고 지금은 '글로벌협력의사'로 그 이름이 달라져 왔지만, 지구촌 곳곳에서 제대로 치료를 받지 못하는 사람들이 조금은 나아졌으면 하는 그 마음은 의사들의 손길에 그대로 이어져 왔다. 가끔은 신문지면에서 아프리카의 추장이 된 한국인 의사로, 가난한 나라 대통령의 이름 없는 주치의 등으로 짧게 소개되기도 하지만, 이 의사들이 무엇을 하는지, 왜 지구촌 곳곳에 파견돼서 일하는지, 어떤 사람들이 이런 일을 하는지를 아는 사람은 드물다.

지금도 지구상에는 의사가 부족해서 제대로 된 치료를 못 받는 사람이 터무니없이 많다. 그래서 많은 나라가 대한민국에 '실력 있는 의사들을 보내 달라'고 요청하고 있다. 하지만 안타깝게도 그곳에 가서 일하겠다는 의사는 상대적으로 늘 부족하다. 왜 그런지 이해는 간다. 익숙한 대한민국의 환경을 벗어나 미지의 나라에서 새로이 정착해야 하고, 지원하는 순간 지금까지 쌓아온 경력은 모두 사라지며, 혹시 한국에 돌아온다고 해도 다시 정착하는 것이 쉬운 일이 아니다..

하지만 이런 어려움에도 불구하고 글로벌협력의사로 일한 사람 중에서 그 시간을 후회하는 이는 없을 것이라고 생각한다. 그래서 더 많은 대한민국 의사들이 지구촌 곳곳에서 일했으면 좋겠다. 그곳에도 우리와 똑같은 사람들이 살고 있다는 것을 알리고, 그 사람들과 대한민국이라는 이름으로 사랑을 나누면서 살 수 있었으면 좋겠다. 이런 마음을 담아서 이 책을 세상에 내놓는다.

CHAPTER 1

가나

외과
강미주

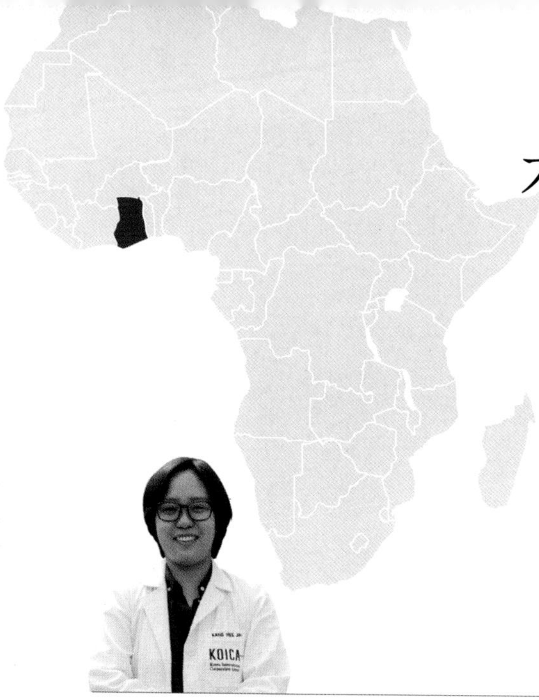

가나에서의 4년을 돌아보며

나는 2016년 3월부터 2020년 2월까지 KOICA(한국국제협력단) 글로벌 협력의료진으로 서아프리카 가나의 주립병원인 Greater Accra Regional Hospital에서 외과 전문의로 근무했다. 글로벌 협력의료진 프로그램은 군대체복무제도가 폐지된 이후 민간에 개방된 개발도상국 의료인 파견 사업으로, 의료인력 교육과 활동 국가 주민의 진료를 병행하며 현지 의료진의 역량 강화에 중점을 둔다.

한국의 병원에서 근무하던 시절, 병원과 외과의 역사를 공부하며 6·25전쟁 이후 현대 의료발전의 밑거름이 됐던 '미네소타 프로젝트' 'China Medical Board' 등의 고등교육 원조정책에 대해 알게 됐다. 그중 시설 복구와 장비 지원 외에도 장기간에 걸쳐 의과대학 교환교수

프로그램을 통한 의료인력 교육에 중점을 두었다는 부분이 특히 인상적이었다. 또한 지금으로서는 상상하기 어려운 1950~1960년대 한국 병원의 모습을 담은 사료를 접하면서 부족한 물자와 인프라 속에서 갖은 난관을 극복해 온 선배 의료진의 노고를 간접 경험하기도 했다. 시간이 지남에 따라, 선배 의사들이 과거에 겪은 뼈아픈 시행착오들을 만약 지금 똑같이 겪는 곳이 있다면 그런 시행착오를 줄이는 데 내가 배우고 경험한 것들이 조금이라도 도움이 되기를 바라는 마음을 갖게 됐다.

그러던 중 의료인력 교육을 첫 번째 목표로 하는 글로벌 협력의료진 프로그램이 시작된다는 것을 알게 돼 반가운 마음으로 지원했다. 하지만 나는 남다른 사명감이나 열정을 갖고 있지도 않고, 무엇보다도 내가 봉사를 하고 있다고 생각한 적이 없다. 단지 조금 다른 장소에서 내가 하고 싶은 일을 즐겁게 하고 있을 뿐이다. 혹시 '봉사'라는 단어가 주는 부담감 때문에 개발도상국에서 일하는 것을 고민하는 분이 있다면 나처럼 평범한 사람의 이야기가 힘이 될 수 있기를 바라며 짧은 경험을 나누고자 한다.

신축 건물 완공 이전의 병원 전경

개발도상국에서는 병원에 도착하기 이전 단계에 이미 많은 어려움이 있기에 병원까지 도착할 수 있는 환자의 숫자가 매우 적다. 그중에서도 수술적 치료는 비용대비 효과가 낮다는 인식 때문에 외과적 질환과 그에 대한 수술은 보건의료 정책의 주된 관심사가 되기 어려웠다. 그러나 근래 들어서는 전 세계 질병 부담 중 25~30% 이상이 수술적 치료가 필요한 질환이라는 자각이 이루어지면서 국제보건 분야에서 외과의 중요성이 차츰 강조되고 있다.

더불어 백내장과 서혜부 탈장 수술, 포경 수술, 제왕절개 수술 및 구개열 수술 등이 경구 수액 요법, 비타민A 보충제 투여, 모유 수유 권장, 에이즈 치료와 비교해 비용대비 효과가 같거나 높은 수준으로 보고되고 있다(Grimes CE 등, World J Surg, 2014). 가나에서는 서혜부 탈장을 치료하지 않았을 때의 DALY(Disability Adjusted Life-Years)가 말라리아나 설사와 유사한 수준이며, 결핵의 2배인 것으로 조사됐다(Beard JH 등, World J Surg, 2013).

가나에 도착해 외과 부문에서 내 역할이 필요한 부분이 무엇일지 보건청에 물었을 때, 그들은 가장 먼저 "복강경 수술 도입을 도와 달라"고 했고, 나는 의아한 마음이 들었다. 언뜻 생각하기에 복강경 수술은 초기 자본 투자가 많이 필요하고 유지·관리에도 지속적인 비용이 들기 때문이다. 게다가 개복 충수돌기 절제술이나 제왕절개 수술도 제때 받지 못하는 환자들이 많은데 과연 복강경 수술을 도입하는 것이 어떤 의미가 있을지 감이 잡히지 않았다.

이 의문은 4년이 지난 지금까지도 완전히 해결되지 않았지만, 의료 접근성 향상뿐 아니라 현행 의료의 질적 개선도 중요하다는 측면에서 그 의미를 찾으려 하고 있다. 실제로 지나고 보니 가나에서 첨단의학으로 여겨지는 복강경 수술을 도입하는 과정은 나름 의미가 있기도 했다. 수술 술기를 익힌 의료진과 해당 수술을 받게 된 소수의 환자에게 직접적인 도움이 된 것보다도 수술 전후 진료 과정을 표준화해 공유하고, 수술 술기를 미리 연습해 어느 정도 익숙해진 후 실제 환자를 대상으로 수술을 한다는 개념이 생긴 것이다. 또 다양한 직군의 의료진이 수술 기구를 미리 확인하고 준비하며 지속적인 장비와 기구의 유지·보수가 필요하다는 개념을 접하게 된 것 역시 보다 체계적인 진료 과정에 대해 생각해 보는 계기가 돼 의미가 컸다.

나는 복강경 수술 예찬론자도 아니고, 복강경 수술이 선진 기술이어서 반드시 전수해야 한다고 생각한 적은 없다. 다만 활동 국가와 기관 사람들이 모두 복강경 수술의 도입을 바라고 있었기에 그 매개체를 통해 수술과 의료 전반에 걸쳐 함께 토론하고 고민할 계기를 마련할 수 있었다. 그리고 이를 통해 나 역시 한국과 다른 나라의 의료에 대한 이해의 폭을 넓힐 수 있었다.

가나 보건청 관계자와의 면담

복강경 수술은 통증이 적고 수술 후 회복이 빠르며, 장기적으로 총 의료비용이 감소하는 등 비용대비 효과가 높음이 잘 알려져서 세계적으로 많은 질환의 표준치료가 돼 있다. 2015년 가나의 대학병원에서 1070명의 환자를 대상으로 한 설문조사에 따르면 복강경 수술이 무엇인지 알고 있는 환자는 3%에 불과했다. 하지만 빠른 회복과 적은 통증 등의 장점이 있는 수술법임을 설명했을 때 95%가 개복 수술보다 복강경 수술을 선호했고, 그중 78%는 추가비용을 부담할 생각도 있다고 응답했다(Gyedu A 등, Pan Afr Med J, 2015).

2016년 당시 가나에서는 소수의 3차 병원이나 사립병원에서 외국 의료진의 지원을 받아 간헐적으로 복강경 수술이 시행됐을 뿐 전문인력 부족과 잦은 기계 고장으로 복강경 수술을 널리 시행하지는 못하는 상황이었다. 그래서 두 차례에 걸친 KOICA 현장사업과 더불어 개인적으로 수술 기구를 기증하거나 기기 호환성과 유지·보수의 기술 조언을 주신 분들의 도움을 받아 복강경 수술 장비 및 기구 구매와 의료진 교육프로그램을 시작했다.

처음 병원에 갔을 때, 당시 병원장이 나를 수술실 창고로 데려가 "혹시 이 기계를 사용할 수 있느냐"고 물었다. 나는 깜짝 놀랐다. 최신 사양의 복강경 장비가 먼지를 뒤집어쓴 채 창고 한구석에 놓여 있었기 때문이다. 하지만 어떤 경로를 통해 언제부터 그 장비가 창고에 있었는지 정확히 알고 있는 사람도 없었고, 카메라나 각종 케이블 및 부속기구 등은 전혀 없이 덜렁 복강경 장비 본체만 있어서 당장 사용할 수도 없는 상황이었다.

고가의 장비가 이미 있었기에 현장사업비의 한도 내에서 복강경 수술 도입 준비를 할 수 있게 된 것은 그나마 다행이었다. 다만 이후로도 창고에서 출처와 용도를 모르는 기증품들이 발견되는 현상은 가나에서 지내는 4년 동안 심심찮게 반복됐다. 우리 병원뿐만 아니라 지방의 병원들을 방문했을 때에도, 인큐베이터나 인공호흡기는 물론 고품질의 의료용품들이 열어 보지도 않은 상자에 들어 있는 것을 여러 차례 발견했다.

나는 이런 경험을 통해 물품을 지원할 때 그것을 제대로 사용할 수 있는 방법에 대한 지속적인 교육과 피드백이 동반되지 않으면 누군가의 세금 또는 선의가 그냥 이렇게 상자째 창고에 쌓여 있게 된다는 사실을 알게 됐다. 덕분에 현장사업을 계획할 때는 많은 의료진이 기구들을 잘 사용할 수 있도록 수술 술기 외에도 올바른 기구 사용법과 유지·보수 교육을 포함한 의료진 교육에 높은 비중을 두게 됐다.

한편 우리 병원은 미국 수출입은행의 지원으로 2017년 6월에 신축 건물로 이전하면서 각종 장비도 새로 확보했는데, 고가의 장비가 제대로 활용되지 않는 상황을 반복적으로 경험하게 됐다. 일례로 가나에 유일한 plasma sterilizer(플라즈마 살균기)가 들어왔는데, 한 달 정도 가동된 후에 고장이 났다. 하지만 수리 방법을 적극적으로 모색하지 않아 2년 반이 지난 지금까지도 재가동을 하지 못하고 있다. 또 내시경 자동세척기에 넣을 세척제를 2년 이상 구매하지 않아 간호사들이 손으로 직접 기구를 세척한다. 그들은 세척 중 발생하는 독한 소독약 증기로 인해 만성 기침에 시달린다.

내가 병원에서 지켜보건대 이런 안타까운 상황들은 소액의 수리비나 소모품 구매비용이 없어서 생기는 것이 아니었다. 수리나 구매를 승인하고 진행하는 집행부서의 무관심과 길고 복잡한 행정 절차 때문에 아예 시작하는 것을 포기하거나 기대하지 않는 것이 일상화된 듯했다. 복강경 수술 분야에는 이런 일이 생기지 않기를 바라는 마음에 의사와 간호사뿐만 아니라 장비 보수를 담당하는 의공학 기사와 물품 구매부서 담당자의 교육을 병행했다. 또 기구회사 관계자를 이런 과정에 적극적으로 참여하도록 유도했다. 장비에 이상이 생겼을 때 수리 요청과 소모품 수급에 차질이 없도록 연락망도 구축했다.

아쉽게도 나는 이제 4년간의 가나 생활을 정리하고 귀국하게 됐다. 그동안 독립적으로 복강경 수술을 할 수 있는 의사와 간호사는 어느 정도 확보가 됐다. 하지만 '기구 고장이나 소모품 수급 등의 장벽에 가로막혀 모든 일이 원점으로 돌아가는 것은 아닐까' 하는 걱정은 여전하다. 그러나 이 또한 함께 넘어야 할 산이라 생각한다. 비록 물리적 거리는 떨어져 있어도 마음은 늘 함께할 것임을 믿으며, 더욱 나아진 의료 환경을 만들기 위해 어려운 상황 속에서 오늘도 헌신적으로 일하고 있는 가나 동료들에게 깊은 존경을 표한다.

복강경 수술 도입 사업 진행 과정

복강경 수술 도입 및 보급 확대 사업은 가나 보건청과 활동 기관의 요청에 부응해 복강경 장비 및 기구 확충, 복강경 수술 술기와 장비 유지·보수 교육 프로그램 운영, 복강경 수술 시행 및 보급 확산을 목표로 진행했다.

내가 근무하는 병원에서는 2017년 이전까지 복강경 수술을 한 번도 시행한 적이 없었다. 수술 장비의 중요성이 높은 복강경 수술을 꾸준히 시행하려면 수술 장비와 기구의 사용법을 정확히 익히고 적절히 유지·보수하는 것이 무엇보다 중요하다고 판단했다.

먼저 수술실 간호사 교육을 시작했다. 복강경 수술 경험은커녕 복강경이라는 단어를 아는 간호사도 없었다. 장비의 전원을 켜고 끄는 법부터 시작해 장비 및 기구의 이름과 용도, 조립과 분해, 세척과 소독 등에 대한 실습 위주의 교육을 집중적으로 진행했다. 처음에 수술실 간호사들은 수술 장비와 기구, 수술 과정 전체를 매우 낯설어하며 섬세한 기구를 수술실 바닥에 떨어트리거나 잘못된 방법으로 소독을 하는 등 예상치 못한 실수를 하기도 했지만, 단계적인 교육을 반복적으로 시행해 차츰 복강경 수술에 익숙해져 갔다.

나는 특히 작은 성취가 있을 때마다 놓치지 않고 격려하며, 지난 단계보다 어떤 부분이 어떻게 발전했는지 구체적으로 알려주기 위해 노력했다. 그 결과 간호사들은 "지금까지 이렇게 장기간에 걸쳐 새로운 것을 배우는 과정의 시행착오를 이해하며 인내심을 가지고 격려해 준 사람은 내국인과 외국인을 통틀어 처음"이라며 감사의 뜻을 표하기도 했다.

그렇지만 수술이 궤도에 오른 후에는 간호사들의 잦은 부서이동과 이직·휴직 등으로 동료 간 기술 전수가 원활히 이루어지지 않아 지속적인 보충 교육이 필요했다. 게다가 새로운 수술에 대해 배우면 일을 추가로 하게 될 것으로 생각하거나, 복강경 수술에 참여해도 경제적 혜택이 없다는 사실을 알고 의도적으로 교육과 수술 참여를 피하는 경우도 생겨났다. 나 역시 간호사들에게 지식과 기술 습득 후에 느끼는 개인적인 성취감 외에는 제도적으로나 경제적으로 직접적인 혜택을 주기 어려워 교육과 수술 참여를 강제할 수 없었다.

하지만 이런 상황에서 참으로 감사하게도 수술실 수간호사가 복강경 수술 도입의 필요성에 적극적으로 동의해 본인이 늘 교육에 참여하는 모습을 보여주었다. 위계질서가 뚜렷한 가나였기에 휘하 간호사들은 자의 반 타의 반으로 교육과 수술에 참여해 꾸준히 복강경 수술을 접하면서 거부감을 줄여갈 수 있었다.

어느덧 4년이 지난 지금, 우리 병원에서는 19번의 교육 워크숍을 통해 8명 이상의 간호사가 독립적으로 복강경 수술 보조를 할 수 있게 됐으며, 다른 병원에서도 간호사 교육을 의뢰해 오는 경우가 증가하고 있다. 특히 내 임기가 끝난 후에도 현지 의료진에 의해 자체적인 교육이 유지될 수 있도록 보충교육과 타 병원 교육 시 가능하면 우리 병원의 숙련된 간호사들이 강사가 되고 내가 보조하는 형식으로 교육을 진행하고 있다.

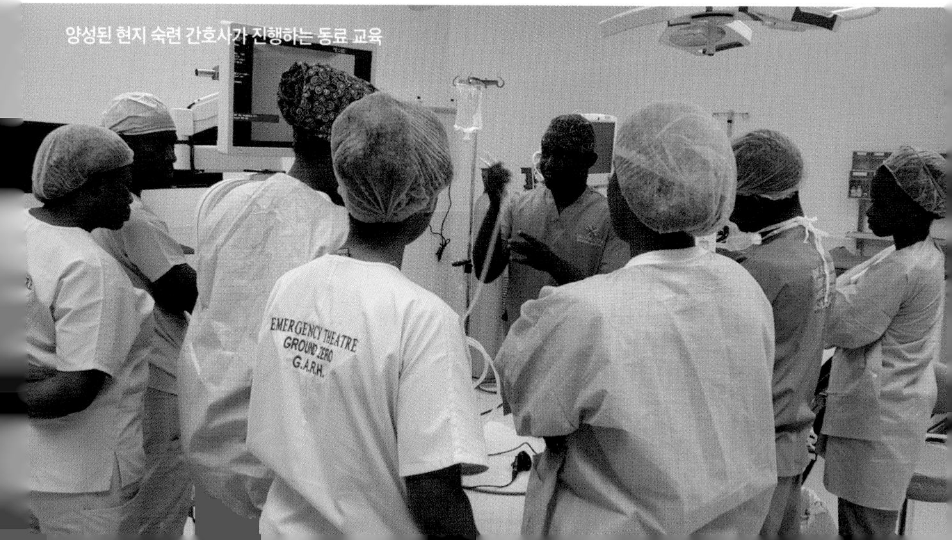

양성된 현지 숙련 간호사가 진행하는 동료 교육

한편 가나에는 외국에서 수련받는 동안 복강경 수술을 경험했으나 귀국 후 현지 여건이 여의치 않아 수술을 해 보지 못한 의사가 상당수 있었다. 반대로 가나 국내에서만 수련한 경우에는 복강경 수술을 접해 보지 못한 경우가 대부분이었다. 그래서 경험이 있으나 오랫동안 복강경 수술을 하지 못했던 의사들의 기억을 되살리고, 복강경 수술을 처음 접하는 의사들의 기초적인 수술 술기 습득을 위해 복강경 수술 시뮬레이터를 5대 비치한 교육실을 만들어 가나 최초의 상설 교육프로그램을 운영하고 있다.

2주에 걸쳐 진행되는 이 교육프로그램은 2018년부터 가나 의사협회의 공식 교육프로그램으로 등록돼 의사 면허 유지에 필수적인 연수 평점이 부여되고 있다. 지금까지 진행된 124회의 교육에 31그룹 123명의 의사가 참여해 기초적인 수술 술기 교육과정을 수료했다. 처음 교육을 시작할 때에는 과연 올 사람이 있을지 걱정을 하기도 했지만, 외과와 산부인과 전·현직 과장 등 시니어 의료진이 자신들부터 참여해야 젊은 의사들이 관심을 가질 거라며 1기 교육생이 되기를 자청해 왔다. 이후 레지던트, medical officer(한국의 인턴과 레지던트 중간 단계), house officer(한국의 인턴 개념)들의 지원이 줄을 이었다. 2019년부터는 등록 후 대기기간이 3개월 이상 걸릴 정도의 성황을 이루고 있다.

시뮬레이션 교육을 마친 후에 환자를 곧바로 수술하기보다는 동물실습 단계를 거쳐 수술 술기에 좀 더 익숙해질 수 있도록 했다. 2018년에는 KOICA의 사업비로 동물실습을 진행했지만 2019년에는 현지 술기 교육기관이 자체 기금과 참가비로 동물실습을 진행하고 싶다는 의사를 밝혀

왔다. 현지 교육기관이 장기적으로 정기 교육을 시행할 수 있다면 그보다 더 좋은 일은 없을 듯해 강사로 참여해서 교육과정 계획을 수립하고 운영하는 것을 도왔다. 이 교육과정 또한 가나 의사협회 공식 교육프로그램으로 등록됐다. 앞으로도 교육과정이 지속적으로 운영되기를 바란다.

집중적인 간호사 교육을 통해 어느 정도 준비가 됐다고 판단됐던 2017년 2월에 가나 주립병원 역사상 처음으로 복강경 담낭절제술을 시행했다. 처음에는 내가 속한 외과에서만 복강경 수술을 했지만, 차차 산부인과와 비뇨기과·소아외과 등에서 관심을 가지고 복강경 수술을 시작했다. 나는 외과를 전공했기에 다른 진료과의 질병과 수술에 대한 지식

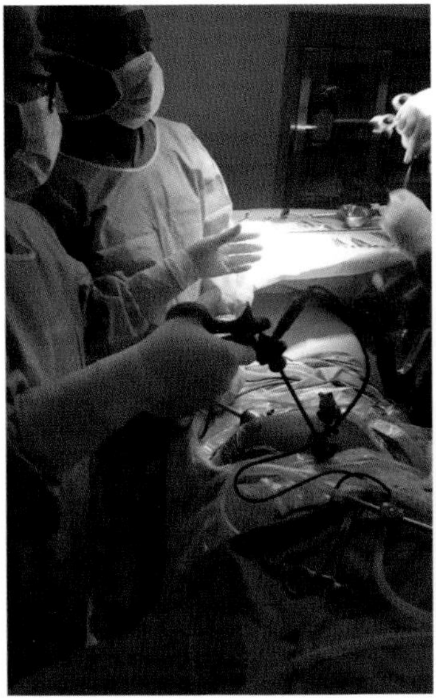

활동 기관 복강경 수술

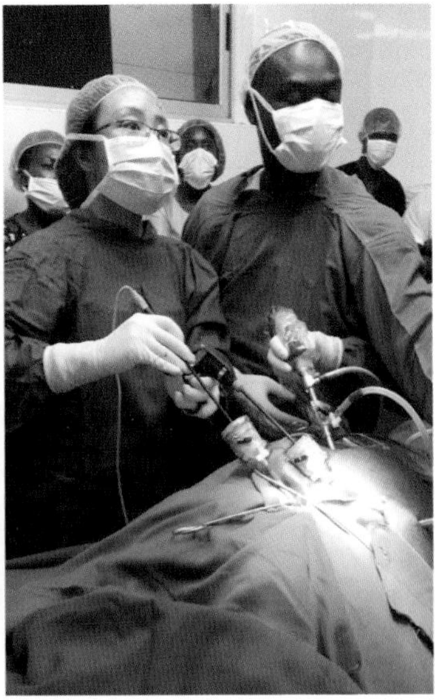

타 병원 복강경 수술

이나 경험은 부족했지만, 수술 장비와 기구 사용 그리고 수술 술기 측면에서 기술적인 지원은 할 수 있겠다고 생각했다. 그래서 다른 진료과 현지 의사들의 수술에 참여하면서 경험이 많지 않은 의료진이 겪을 수 있는 문제 상황들을 해결할 수 있도록 돕곤 했다.

지난 3년간 우리 병원 의료진은 외과·소아외과·산부인과·비뇨기과에서 복강경 수술을 87차례 시행했다. 어느 정도 수술 기구 사용에 익숙해진 이후에는 현지 의료진이 집도하도록 하고 내가 보조를 하며 최대한 자립을 권장했다. 그 결과 현지 의료진의 집도 비율이 2017년 0%에서 2018년 42.4%, 2019년 82.4%까지 증가해 기술 독립성이 궤도에 올랐다.

이와 더불어 복강경 수술 장비가 사용 가능해지고 간호사들이 수술 기구 사용에 익숙해지는 등 여건이 마련되자 국내외에서 자궁경·방광경·관절경을 배운 적 있는 현지 의료진이 자발적으로 이런 시술들을 시도하기 시작했다. 나는 이 과정에 직접 참여하지는 않았지만, 복강경 수술 도입이라는 작은 움직임이 가져온 환경의 변화가 미처 예상하지 못한 다양한 분야의 변화로까지 이어지는 것을 지켜볼 수 있어 참으로 감사했다. 다른 병원 의사들이 교육과정을 마친 후 본인들이 근무하는 병원에서 복강경 수술을 처음 시작할 때에는 수술 장비나 기구와 술기 지원을 위해 출장을 가곤 했다. 그중 두 곳의 병원에서는 이제 외부의 지원 없이 안정적으로 복강경 수술을 시행할 수 있게 됐다.

복강경 수술을 도입한 결과 입원 일수가 기존의 개복 수술 후에는

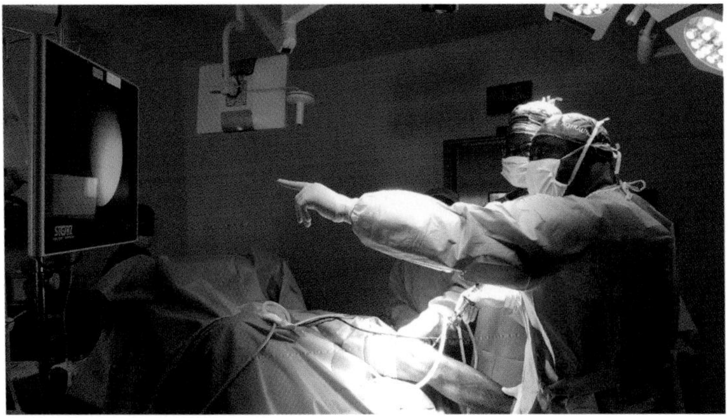

현지 의료진이 자력으로 시작한 관절경 시술 장면

7~10일이던 것이 복강경 수술 후에는 1~2일로 감소했다. 수술 상처 감염을 포함한 여러 합병증도 10% 전후에서 1% 미만으로 줄었다. 그러나 국가의료보험 적용이 되지 않고, 수술 소모품 가격이 비싸 여전히 비용 장벽이 있다. 또 충수돌기 절제술이나 자궁 외 임신 파열 등 복강경 수술로 치료할 수 있는 환자들의 응급 수술이 필요한 경우 숙련된 마취과나 간호 인력을 제때 확보하기가 어려워 수술을 하지 못하는 등 해결해야 할 문제들이 아직 많이 남아 있다.

특히 현지인 동료들이 수술을 집도하기 시작하면서 전신마취관리의 부담과 개복 수술보다 수술시간이 오래 걸린다는 점 때문에 외과계 의사들과 마취간호사(가나에는 마취과 의사가 극히 드물다)들 간에 의견 대립이 점점 심해지고 있다. 나는 한국에서 복강경 수술을 활발히 받아들이기 시작하던 당시의 경험을 예로 들며 "지금 당장은 수술시간이 오래 걸리지만 이미 개복 수술 경험이 많은 의사들이라 곧 학습곡선(learning curve)을 넘어설 것이고, 결과적으로 수술시간이 단축되고 환자와 의사 모두에게 장점이 있을 것"이라고 설명하며 이해를 구하고 있다. 그러나 쉽게 해결될 갈등이 아닌 듯해 고민이다.

한 가지 빼놓을 수 없는 중요한 부분은 우리 병원에 KOICA의 의료진이 파견되기 1년 전부터 진행 중이었던 KOFIH(한국국제보건의료재단)의 이종욱 펠로십 과정을 통한 현지 의료진의 한국 초청 연수 프로그램이었다. 2015년 말부터 2019년 초까지 우리 병원에서 총 5명의 의사(외과 2명, 산부인과 2명, 정형외과 1명)와 4명의 수술실 간호사가 상기 프로그램을 통해 한국의 대학병원에서 복강경·관절경에 대한 연수를 받고 귀국했다. 첫 번째 한국 연수를 마친 의사들이 내가 가나에 도착하기 한 달 전에 귀국한 덕분에 나는 한국이라는 나라와 의료 수준에 대해 일일이 설명할 필요가 없었고, 이후 속속 귀국한 연수생들의 헌신적인 활동에 힘입어 복강경 수술을 조금 수월하게 정착시킬 수 있었다.

어느 나라에서건 외국인의 힘만으로 어떤 일을 해 내기는 매우 어렵다. 더욱이 관행과 전례에 의존하는 경향이 많은 보수적인 병원에서 현지인 동료들의 전폭적인 지원이 없었다면 나는 지금까지 해 온 일의 100분의 1조차도 하기 어려웠을 것이다.

한편 한국에서 복강경 수술을 배워 왔으나 근무하는 현지 병원에 수술 기구가 없어 수년째 한 번도 수술을 하지 못한 다른 병원 의료진과 달리 우리 병원 의료진은 귀국 후 실제로 수술을 시행하면서 연수 이후에도 꾸준히 지식과 경험을 쌓아갈 수 있어서 다행이었다. KOFIH의 초청 연수와 KOICA의 장비 및 장기 파견인력 지원의 시너지 효과를 앞으로도 계속 이어 나갈 수 있기를 기대해 본다.

마지막으로 외과 분야는 특성상 수술 장비 및 기구의 확보가 수술 가능 여부를 좌우할 정도로 중요하다. 그래서 초기 비용이 많이 들지만 반대로 유지 비용은 그만큼 많이 들지 않는다. 다행히 나는 활동 기관에 고가의 복강경 장비가 이미 있었기에 현장사업비의 지원 규모 내에서 복강경 수술 도입을 진행할 수 있었다. 그러나 반대의 경우였다면 장비 구매비용이 너무 많이 필요해서 관련 활동을 거의 하지 못했을 것이다. 따라서 현지 사정에 따라 기존보다는 조금 더 큰 규모의 초기 비용 투자가 필요한 상황이 생길 수 있다. 그뿐만 아니라 글로벌 협력의료진의 개인 역량 및 재정 범위를 넘는 규모의 사업의 필요성을 본인이 인식하거나 활

활동 기관의 이종욱 펠로우십 연수생들과 함께,
KOICA-KOFIH 보건 분야 포럼에서

동 기관에서 요청받는 경우도 있다.

그러나 이에 대해 의견을 개진하거나 외부 기관과 협력할 방법을 찾는 길이 제한돼 있어 아쉬움이 컸다. 예를 들어 다국적 의료장비 회사들은 글로벌 사업부를 통해 자체적으로 개발도상국을 지원하기 때문에 좋은 협력 관계를 구축할 수 있는 경우가 많다. 하지만 이런 과정을 글로벌 협력의료진 개인의 역량에 의지해 진행하는 데에는 한계가 있고, 참여 기업에 대한 설득력도 부족해 양질의 협력관계를 구축하기가 쉽지 않다. 만약 KOICA의 자체 예산으로 지원이 힘들 경우 민간 영역과 협력하는 등의 후속 조치나 병행 사업을 논의할 수 있는 소통의 창구가 마련되기를 희망한다.

의학 연구와 ODA

나는 한국에서 근무할 때 데이터를 분석하고 논문으로 쓰기를 무척 좋아했다. 개발도상국에 오게 되면 당연히 이런 일을 계속하기 어려울 것으로 생각했으나 미련을 버리지 못해 글로벌 협력의료진 지원서에 "의료의 근본적인 발전을 꾀하고 그 변화가 지속되기 위해서 공부하고 연구하는 의사의 중요성이 인식돼야 한다고 생각한다. 나는 의학 연구와 논문 쓰는 것을 좋아하는데, 기회가 된다면 이런 부분에서도 도움이 될 수 있으면 좋겠다"라고 쓰기도 했다.

그런데 이곳에 와서 일을 시작하면서 전혀 예상하지 못한 경험을 하게 됐다. 가나의 보건청장과 의료인력국장을 처음 만난 날, 그들은 나의 진료 경험보다 연구 실적에 훨씬 큰 관심을 보였다. 그리고 훗날 나의 활동 내용과 결과를 논문으로 만들어 발표해 달라고 부탁해 왔다. 하지만 당시만 해도 현지 의료진에 대한 이해가 부족해 이들과 함께 논문을 쓸 일이 생길 것이라고는 상상도 하지 못했다.

더욱이 병원의 일선 현장은 임상 의학 연구와는 거리가 멀어 보였다. 문서로 기록을 남기는 것을 중시하는 문화가 있어 외과에서만 5종류 이상의 장부(입원, 퇴원, 수술, 회계, 외래 등)를 작성하고 있었지만, 막상 장부를 서로 대조해 보면 환자 명단이 일치하지 않는 것은 물론이고 사실과 일치하지 않거나 상반되는 내용이 적혀 있는 등 내용의 충실도나 완결성이 부족했다. 또한 가나에서 의학 논문을 쓴다는 것은 소수 대학교수만의 전유물로 인식되고 있었으며, 심지어 교수가 되기 전에는 논문을 쓰면 안 되는 것으로 알고 있는 의료진까지 있었다.

한편 매주 수요일 아침에는 외과의 젊은 의사들이 다양한 주제를 공부해서 발표하고 토의하는 시간이 있었다. 이 자리를 통해 그들이 아프리카의 데이터를 구할 수 없어 늘 유럽이나 미국의 자료를 인용하고 있는 점에 불만을 가지고 있다는 것을 알게 됐다. 나는 이것이 좋은 출발점이 될 수 있다고 생각했다. 그러나 첫 두 해 정도는 언어가 자유롭지 않았고, 진지하게 함께 공부할 현지 의료진을 물색하던 중이라 당장 연구를 시작하지는 못했다.

3년 차가 되자 현지 동료들의 개별 관심사가 어느 정도 파악됐다. 또한 이종욱 펠로십 과정을 통해 한국 연수를 마치고 돌아온 현직 외과 과

연구방법론 및 기초통계분석 워크숍 단체사진

장이 "임상 의학 연구를 시작하는 것이 관절경 수술 도입과 더불어 나의 양대 활동 목표"라고 밝혔다. 이에 힘입어 2019년부터 연구 모임을 신설해 매주 정기적으로 다양한 연구 주제에 대한 문헌 고찰과 데이터 수집 및 분석, 논문 작성을 함께 하고 있다. 이 연구 모임에는 임상 경험을 바탕으로 지역과 인구 특성이 반영된 근거 자료를 정리해 학술지에 발표하고 국제사회와 교류하고자 하는 현지 의료진이 자발적으로 참여하고 있다.

2019년 11월에는 현지 동료들의 요청에 따라 전문의와 전공의를 대상으로 10회에 걸친 연구방법론 및 기초통계분석 워크숍을 진행해 연구역량 강화를 돕기도 했다. 그 결과 현지 의료진과 함께 지금까지 각 2편의 논문을 국제 학술지와 가나 국내 학술지에 투고했고, 4편을 추가로 작성 중이다. 현지 동료들은 “너는 왜 진작 이런 것을 할 수 있다는 사실을 말하지 않았느냐”라며 아쉬워하고, 복강경 수술보다 이런 활동을 더 가치 있게 평가하기도 하니 매우 감사한 일이다.

한편 2016년 당시 가나에는 간담췌외과 수술 경험이 있는 현지 외과 의사가 전국에 3명 있었다. 그들은 환자 치료 방침을 논의하고 수술을 서로 돕는 소모임을 만들었는데, 나도 모임에 합류하게 됐다. 흔히들 ‘가나의 의사들은 자존심이 세고 권위의식이 매우 높아 같이 일하기 어렵다’고 이야기했다. 그러나 이 모임은 언제나 ‘우리는 경쟁 관계에 있는 것이 아니다. 한정된 인력과 물자를 잘 활용해 더 질 높은 의료를 구현하기 위해 서로 협력해야 한다’를 전제로 삼고 있었다. 특히 많이 경험해 보지 못한 수술을 집도하게 되는 경우 병원 간 수술기구 공유는 물론이고 여러 병원 의료진이 함께 수술에 참여해 서로의 경험과 기술을 나누자는 가슴 뭉클한 결의를 했던 날의 기억이 생생하다.

이후 전 세계 B형 간염 역학을 조사하는 연구자 모임에 현지 의료진과 함께 참석해 국제공동연구의 경험을 공유했다. 그리고 2년여의 준비 끝에 마침내 2019년 1월에 내과·외과·소아과·영상의학과·마취과 등의 다양한 의료진이 참여하는 제1차 가나 간담췌학회 총회를 열게 됐다. 지금은 열정적인 현지의 외과의가 모임의 장을 맡아 회원들과 함께 도시들을 순회하며 무료 간암 검진을 하기도 하고, 방송 출연 및 SNS를 통해 서아프리카 지역에 유병률이 높은 B형 간염과 간세포암에 대한 인식 증진에 노력을 기울이고 있다.

가나 간담췌학회 창립 준비모임

CHAPTER 2

볼리비아

소아청소년과
곽병곤

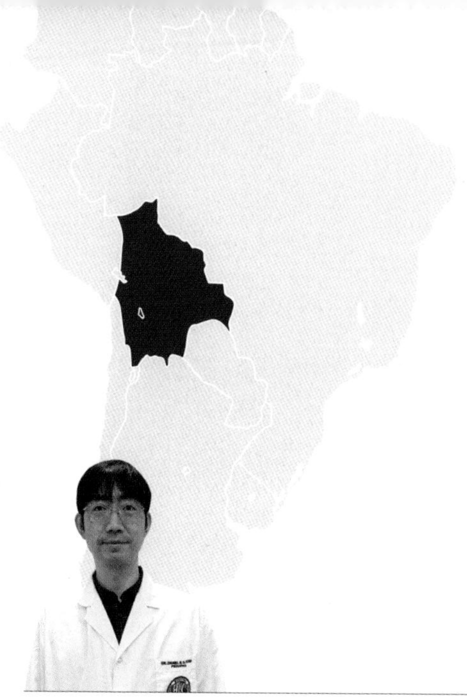

엘알토의 심장

안데스에서 동이 트고, 떠오르는 태양과 함께 시작되는 나의 출근길은 다소 복잡했다. 우선 미니버스[1]를 타고 첫 번째 경유지인 텔레페리코 아마리요(Teleferico Amarillo) 정류장에서 하차한다. 인파에 섞여 탑승지가 있는 3층까지 가쁜 숨을 쉬며 걸어 올라간다. 본격적으로 해발 4000m로 올라가기 전의 짧은 준비운동인 셈이다.

일반적으로 텔레페리코(Teleferico)[2] 탑승을 위해 200m 이상 줄을 서야 하지만, 다행스럽게도 이른 아침에 엘알토(El Alto)로 올라가는 노선은 줄이 그리 길지 않았다. 이 노선은 텔레페리코를 타고 가면서 펼쳐지는 놀라운 풍광을 경험할 수 있기에 내가 가장 좋아하는 구간이었다. 이른 아침에는 능선을 따라 하늘 높이 날아오르는 듯하고, 캄캄한

밤에는 우주의 한가운데서 유영하는 듯한 기분을 느끼며 집으로 돌아올 수 있었다.

텔레페리코에 타서 자리에 앉으면 자연스레 인사가 나왔다. 'Buenos Días!' 밖을 바라보며 자연의 아름다움에 흠뻑 빠지다 보면 금방 정류소에 도착하곤 했다. 수백 번을 탔던 텔레페리코이지만 내릴 때마다 아쉬움이 남았다. 콜렉티보(Colectivo)[3]를 잡아타고 마지막 경유지인 크루세 빌야 아델라(Cruce Villa Adela)에서 미니버스에 오른다. 미니버스는 늘 만석이고 비좁았다. 머리가 천장에 닿기도 하고, 무릎이 앞사람 허리에 닿기도 했다. 가끔 천장이 높은 미니버스를 만날 때면 리무진을 탄 듯 기분이 좋았지만, 그런 일은 매우 드물었다. 그렇게 하루에도 몇 번씩 버스의 금속 천장에 헤딩하곤 했다.

'헬멧을 써 볼까?'

두 손으로 머리를 감싸며 심각하게 고민도 해 봤지만 헬멧은 아닌 것 같았다. 아무튼 이런저런 생각을 하다 보면 저 멀리에서 엘알토 한국병원 이정표가 모습을 드러내고, 드디어 1시간 20여 분의 긴 출근 여정이 마무리되곤 했다.

병원으로 들어서면 숨이 차고 두통이 시작된다. 고산증이다. 처음 두 달은 무척 힘들었지만, 몸은 점차 고도에 적응하게 돼 10분 정도가 지나면 괜찮아진다. 해발 4000m 엘알토(El Alto)[4]의 서남부에 자

텔레페이코

리한 엘알토 한국병원의 정식 명칭은 'Hospital Municipal Modelo Corea(꼬레아 시립 병원)'이다.

---

1) 승합차로 운행하는 가장 일반적인 대중교통 수단이다. 목적지와 경유지를 함께 보고 타는 것이 합리적인데, 운전 기사(Choper)에게 한 번 더 확인하는 것은 확실한 방법이라고 할 수 있다. 라파스의 도로는 폭이 좁고 특히 고도가 높아질수록 도로의 폭이 줄어들기에 미니버스는 주요한 교통수단이 되고 있다.

2) 텔레페리코(Teleferico)는 스위스의 기술로 만든 케이블카다. 목적지에 따라 Rojo, Verde, Amarillo, Naranja, Azul 등이 있다. 최근에는 Blanco가 개통됐다. 볼리비아의 관광 코스로도 활용되고 있으며, 요금은 저렴하다. 도심에서 엘알토까지 미니버스로 1시간가량 소요된다. 하지만 텔레페리코를 이용하면 20분 정도밖에 걸리지 않는다. 긴장된 마음으로 처음 이용을 한 뒤 즐거운 마음으로 애용하게 됐다. 강풍이 불거나 뇌우를 동반한 날씨일 때 텔레페리코가 공중에서 멈추기도 하지만 그런 일은 드물다. 필자는 두 번 경험했다. 5분 갇혀 있었다. 만약 멈춘 텔레페리코를 경험하게 된다면, 균형을 유지하기 위해 갑자기 일어나서 움직이지 않기를 권한다.

3) 일정한 노선을 따르는 합승 택시다. 미니버스와 달리 6명의 승객이 원하는 곳에서만 정차해서 효율적이다. 요금은 미니버스에 비해 2배 정도 비싸다.

4)수도 라파스(La Paz)의 위성도시이며, 고원지대(Altiplano)에 위치해 있다. 라파스의 노동자들이 이곳 엘알토에 거주하고 있다. 출근길의 그들의 모습은 개미군단과 흡사하다. 무척 중요한 사람들이며 성실하지만, 그들의 가치가 평가절하되고 있어 안타깝다.

1996년 KOICA의 1차 사업으로 설립된 이후 '꼬레아 시립병원'은 인근 12만 주민의 보건을 담당하며, 20개 보건소의 센터 역할을 해 왔다. 이후 2006년 2차 사업을 통해 모자보건센터 종합병원으로 격상됐고, 2016년부터 현재까지 3차 사업이 진행 중이다.

엘알토한국병원

2016년 파견 당시 엘알토 한국병원은 67명의 전문의와 342명의 직원이 소속돼 있었고, 소아와 분만 환자가 상당수인 100병상의 종합병원이었다. 병원 규모에 비하면 상당한 인력을 갖춘 편인데, 이는 임금인상을 요구하는 의료인력들에 대한 볼리비아 정부의 정책에 기인한 것이었다. 당시 정부는 임금인상 대신 근무시간 감소를 제안했다. 월 120시간의 '의무 근무시간'은 한 달에 12시간씩 10번으로 적용돼야 했으나, 곧 24시간씩 5번으로 변칙 적용됐다. 이후에는 전문의가 하나의 병원이 아닌 다른 여러 병원에 소속돼 일할 수 있도록 정책이 완화되었다. 이로 인해 전문의들은 2개 혹은 3개의 병원에서 파트타임으로 일하며 스스로 임금을 보충할 수 있었다. 하지만 정부의 이러한 조삼모사식 정책은 결국 국민의 건강에 대해 의료진의 책임이 희석되는 풍토를 만들었다.

한 예로, 신생아중환자실의 수액 처방을 들 수 있다. 회진을 돌며 수액 처방을 확인할 때면 자주 발걸음을 멈추게 됐다.

'아니, 이렇게 하면…….'

신생아는 수액의 작은 변화에도 크게 반응하므로 세심한 치료가 필수적이다. 하지만 수액의 투여량이 크게 늘거나 줄어 있는 일이 잦았고, 그럴 때마다 수액처방을 바꾸어야만 했다.

소아과 전문의는 12명이었다. 5명이 외래 및 소아응급실을 담당했고, 7명은 24시간씩 요일을 돌아가면서 근무했다. 볼리비아 정부는 월 10회 근무를 권장했지만, 병원과 도심의 거리가 멀어 12시간 근무보다는 24시간 근무를 선호하기 때문에 나타난 현상이었다. 이들은 신생아중환자실, 소아병동, 분만실, 수술실(분만은 산부인과 담당이었지만 분만 직후의 신생아는 소아과 담당), 야간 소아응급실을 담당했다.

이러한 '24시간 전담 주치의 체제'는 산부인과·내과·외과·정형외과·마취과 등의 타 과와 같지만 소아과에서는 조금 다른 의미이기도 하다. 신생아중환자실은 미숙아 및 중증 환아를 담당한다. 그러므로 좀 더 세밀하고 집중적인 치료가 연속적으로 이루어져야 하며, 특별한 상황이 발생하지 않을 때에는 앞의 처치 방안을 따르거나 미세한 변화만 주는 것이 원칙이다. 하지만 '24시간 주 1회 근무'는 연속적인 치료와 관리가 어려웠고 의료진의 근무효율도 떨어뜨렸다. 탁상공론의 결과였다.

그래서 계획하게 된 것이 '엘알토 한국병원 신생아중환자실 치료 프로토콜'이었다. 나는 프로토콜을 통해 기존의 투박하고 일정치 못하던 치료가 세심하고 균일화된 치료로 바뀌기를 바랐다. 동료 소아과 의사들의 조언을 받아 가며 <수액 치료> <경구 영양 방법> <다빈도 약물 용량> <질환별 임상검사 가이드> 등의 총론을 작성했다. 또 총론을 작성할 당시 현지 의사들을 참여시켜 그들도 치료 프로토콜에 관심을 가지도록 유도했다. 그러나 치료 프로토콜은 30% 정도가 진행되다가 아쉽게 좌초되고 말았다. 현지 의사들이 여전히 신념 본위의 치료를 고집했기 때문이다. 줄다리기는 파견 기간 내내 계속됐는데, 언젠가는 동료 의사들이 변화하기를 바란다.

파견 초기, 신생아중환자실의 장비가 부족해 창고를 찾았다. "창고에 있는 것들은 수리되지 않아서 쓸 수 없을 것"이라는 말을 들은 터라 별 기대 없이 창고 문을 열었다가 나는 놀라지 않을 수 없었다. 창고에는 여러 의료장비가 먼지를 수북이 뒤집어쓴 채 방치돼 있었다. 관리자의 말과는 달리 장비들은 특별할 것 없는 내 재주로도 정상적으로 작동하게 할 것들이 많았다. 심지어 어떤 것은 단지 '설명서에 스페인어가 없다'는 이유로 창고에 방치돼 있기도 했다.

나는 창고에 있는 보물들을 열심히 꿰어 '목걸이'를 만들었다. 먼지를

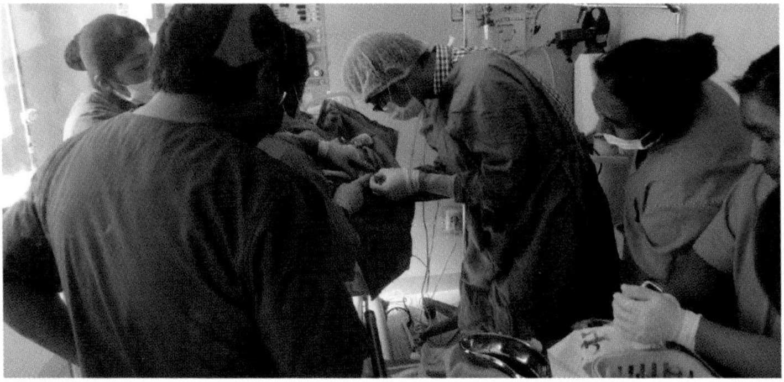

신생아중환자실에서 처치중

털고 사용설명서를 번역했다. 또 정상 가동을 위해 필요한 부품들을 구매해 장비들을 작동시켜 보기도 했으며, 이미 사용 중인 장비에서 기존에 활용하지 못하던 더 많은 기능을 발견하기도 했다. 나는 기쁜 마음으로 현지 의료진에게 장비가 가진 모든 기능을 소개하고 사용법을 교육했다. 기존에 가지고 있던 장비들의 다양한 기능을 발견하고 활용하면서 병원에는 활기가 더해졌다.

훌륭한 명의 한 사람 덕에 수많은 생명을 구할 수 있지만, 환자 치료와 의료발전에 있어서, 아무리 의료진의 역량이 뛰어나다 해도 적절한 의료장비의 도움이 없이는 한계가 있기 마련이다. 이러한 한계를 극복하기 위해 KOICA에서는 프로젝트를 통해 엘알토 한국병원에 많은 의료장비를 지원해 주었다. 이러한 지원품들은 병원에서 유용하게 잘 사용되고 있었다. 그러나 활용되는 대부분의 기기는 작동법이 단순해 전문지식이 없어도 사용할 수 있는 것들이었다. 반면 일부 장비는 사용법을 숙지하지 않은 상태에서는 사용이 어려워 창고에 방치돼 있었다. 심지어 어떤 것들은 작동에 필요한 주요 부품이 망가져 있거나 존재 여부조차 모르는 상태였다.

엘알토 병원에서 첫 근무를 시작한 날은 놀람의 연속이었다. 당시 신생아중환자실에서는 신생아에게 100% 산소를 이용한 'Bubble Nasal CPAP(기포 비강 지속적 양압 환기)' 처치를 하고 있었다. 깜짝 놀라서 여러 번 다시 확인했지만 100% 산소 투여가 맞았다. 충격에 혼미해진 것인지, 고산증 탓인지 구분이 되지 않는 상태에서 혼잣말이 나왔다.

'산소 독성 때문에 신생아에게는 가능한 한 투여산소량을 줄이는 게 치료의 원칙인데, 혹시 내가 모르는 볼리비아식 치료법인가?'

이후 나는 병원의 의료기구를 살피기 위해 들어선 창고 앞에서 다시 한번 놀랐다. 창고에 들어가 보니 '최신식 Nasal CPAP(비강 지속적 양압 환기)' 기계가 방치돼 있었다. 그리고 그 옆에는 멀쩡한 인공호흡기 한 대가 창고의 한 자리를 차지하고 있었다.

"저, 이건 고장 난 장비인가요?"

"독도르(닥터), 두 장비를 사용하기 위해서는 압축공기가 필요한데요. 우리 병원에는 중앙 공급시설이 없어요. 그래서 필요할 때마다 압축공기를 구매해서 사용합니다. 대용량도 4시간이면 교체해야 하는데, SIS(볼리비아 공공의료보험)에서 사용 가능한 압축공기의 양을 규제하고 있어요. 그래서 우리는 환자를 3차 병원으로 보내고 있어요."

쓸 만한 장비들을 발견했다는 기쁨도 잠시, 수간호사의 답변에 나의 기쁨은 금세 절망으로 바뀌었다. 100% Oxygen Bubble Nasal CPAP[5]은 해결되지 않았고, 내 마음속 한편에 안타까움으로 남았다. 병원의 역량 강화를 위해서도 장비의 적절한 사용은 중요한 문제였다. 이 문제가 해결되면 환자를 3차 병원으로 전원시키지 않아도 됐다. 나는 문제를 해결하기 위해 끊임없이 병원 측에 방안을 요구하고, 시간을 내서 압축공기 공급기 구입처에 연락을 취하는 등 여러 대안을 모색했다.

그렇게 1년이 지난 어느 날, 나는 우연히 내과 병동 창고에서 먼지가 쌓인 채 방치돼 있던 인공호흡기 3대를 발견했다. 신생아중환자실 창고에 있던 인공호흡기와는 다른 기종으로, 산소 가스만으로도 작동되는(압축공기 사용이 필요 없는) 인공호흡기였다. 나는 급히 내과 병동 담당자와 협상해 인공호흡기를 신생아중환자실로 이동시켰다. 압축공기 때문에 겪은 그간의 마음고생이 눈 녹듯 사라지는 순간이었다. 그것은 마치 '하나님이 예비하신 선물'처럼 느껴졌다.

나는 들뜬 마음을 애써 가라앉히며 곧바로 매뉴얼 분석에 들어갔다. 인공호흡기에는 다행히도 신생아용 모드가 있었다. 나는 얼른 필요한 연결 부품을 파악하고, 구입처를 통해 내 도움 없이도 앞으로 기계 관리와 부품 구매가 가능하다는 사실을 확인했다. 나는 서둘러 '활동 지원비'를 사용해 필요한 부품들을 구매했고, 신생아용 장비가 장착된 인공호흡기를 성공적

---

5) 산소가스와 환아 비강을 튜브로 바로 연결해 산소의 압력으로 양압환기를 시키는 방법.

으로 가동할 수 있었다. 볼리비아 파견 중 최고로 기쁜 날이었다.

그런데 멋진 인공호흡기가 준비됐지만 정작 의사들은 새로운 기기에 대한 낯섦 탓인지, 사용법을 모르는 자신들의 모습을 보이기 싫어서인지 기계에 잘 다가가지 않고 주저하는 모습을 보였다. 반면 간호사들은 새로운 인공호흡기에 큰 관심을 보이며, 학구열을 불태웠다.

'24시간 가동 가능한 인공호흡기 부재'라는 핸디캡을 극복했지만 나는 엘알토 병원 신생아중환자실이 더 큰 발전을 위해 나아가야 할 중요한 시점이라고 생각했다. 그래서 곧바로 현장지원사업으로 '신생아중환자실 역량 강화 사업'을 계획했고, 사업의 한 분야로 '신생아중환자실 연수강좌'를 준비했다. 나는 볼리비아에서 명망이 높은 신생아 중환자 치료 세부 전문의 두 분을 초청해 연수강좌를 열었다. 연수강좌는 기대 이상이었다. 나의 잔소리에도 꿈쩍하지 않던 동료 의사들뿐 아니라 중환자실 간호사들까지 성실하게 강좌에 참석했다.

강좌는 '인공호흡기 사용법'을 중심으로 '경정맥 영양' '경피 중심 정맥도관법' '신생아 수액요법 및 전해질 이상' '신생아중환자실 관리 및 간호법' 등 모두 12회를 진행했다. 프로토콜 작성은 완성하지 못했지만, 연수교육을 통해 제각각이던 치료법을 하나로 모을 수 있었다. 또 현지 의료진은 강좌를 통해 최신 의료지식을 습득할 수 있었고, 치료에도 좀 더 자신감을 가지게 됐다.

볼리비아
희망 나무 심기

"독도르 Daniel, 꼭 오실 거죠?"

인턴 몇 명이 수줍게 초대장을 내밀었다. 인턴들에게는 특별하고도 의미 있는 날이라고 했다.

'1년이라!'

나는 초대장을 들고 강당에 들어섰다. 상당히 공을 들인 듯 곱게 화장을 하고 멋을 낸 인턴들이 반갑게 맞아 주었다. 내가 자리에 앉을 때까지 눈을 떼지 않는 모습을 보면서 나도 모르게 '인턴들의 축제' 속으로 빠져들었다.

인턴 수료식 행사가 열리는 강당에는 인턴의 가족들이 저마다 감격스러운 표정으로 앉아 있었다. 주위를 둘러보던 중 볼리비아 전통 의상을 입은 한 중년의 여성과 눈이 마주쳤다. 여성은 내게 가볍게 눈인사를 했고, 곧 아들로 보이는 사람과 다시 이야기를 나눴다. 잠시 후 그들이 내게로 와서 인사를 했다. 평소 열심히 공부하던 인턴과 그의 어머니였다.

"독도르, 와 주셔서 감사합니다. 제 어머니입니다. 어머니, 저에게 많은 가르침을 주신 훌륭한 교수님입니다."

소개가 끝나자 인턴의 어머니는 마치 한국의 시골 어머니와 같은 몸짓으로 허리를 숙이며 인사했다.

"독도르, 우리 아들이 이야기를 많이 했습니다. 꼭 닮고 싶은 분이 있다고 했는데, 너무 감사드립니다. 덕분에 우리 아들이 진짜 의사가 될 수 있었습니다. 이 은혜를 어찌 갚아야 할지, 정말 고맙습니다."

허리를 숙여 인사하는 그녀의 행동에는 감사와 존경이 가득 담겨 있었다. 생각지 못한 숙연한 분위기에 형식적인 인사를 하던 나도 덩달아 허리를 굽혔다.

'스승! 내가 그들에게 스승이었던가?'

나를 스승으로 만들어 준 그들의 순수했던 열정을 생각하니 눈물이

핑 돌았다. 잠시 후 인턴 수료식이 시작되자 잦은 실수로 인해 주눅이 들어 있던 인턴들의 겁먹은 표정은 온데간데없었다. 가족들은 자랑스러운 아들딸들을 바라보며 연신 눈물을 닦아냈다. 참석하지 않으려고 그럴싸한 핑계를 찾다가 끝내 찾지 못해 어쩔 수 없이 이곳에 있게 된 나 자신의 선택을 칭찬하게 되는 순간이었다.

'그래, 정말로 특별하고 멋진 날이구나!'

인턴들의 모습에서 저마다의 1년이 주마등처럼 지나가고 있었다.

"Doctor Daniel, Ayudame! El bebe no respira!(닥터 다니엘 도와주세요! 아기가 숨을 안 쉬어요!)"

땀을 흘리며 병동으로 달려온 인턴은 다급하게 도움을 청했다. 나는 지체하지 않고 분만실을 향해 달렸다. 그곳에서는 다른 인턴이 자가 호흡이 되지 않아 몸이 푸른빛을 띠는 갓 태어난 신생아에게 산소를 주고 있었다. 산소에도 반응이 없자 인턴은 당황한 기색이 역력했다. 내가 신생아의 등과 발바닥을 빠르게 자극했음에도 반응이 없었다. 나는 재빠르게 암부백으로 양압 환기를 했고, 마침내 아기가 우렁찬 울음을 터트렸다.

"응~~~애, 응~~애."

기쁨의 소리에 나는 안도의 한숨을 내쉬었고, 이 모든 과정을 지켜본 인턴들의 얼굴에는 경이로 가득 차 있었다. 나는 이때를 놓치지 않고 담당 인턴에게 다시 한번 심폐소생술을 재교육했다. 위급한 상황을 겪은 후라 인턴의 집중도는 최상이었다.

해발 4000m라는 볼리비아의 환경은 갓 태어난 신생아에게 질식 가능성을 높이는 불리한 조건으로 작용했다. 이는 신생아의 생존과 직결된 문제 상황으로 이어졌다. 산소가 희박하고 기온이 낮기 때문이었다. 물론 고도와 신생아 질식의 유관 관계에 대한 학계의 학술적 의견은 일치하지 않고 있다. 하지만 나는 2년 동안의 임상 사례를 근거로 심폐소생술의 빈도가 저지대보다는 높다는 것을 확인할 수 있었다.

동료소아과의사와 인턴들과 함께

분만은 늘 예상하지 못한 돌발 상황을 동반하기에 항상 만약의 사태에 대비해야 한다. 연간 분만 건수가 4000건을 웃도는 엘알토 한국 병원은 언제나 긴장에 휩싸여 있었다. 전문의의 일손이 부족해 분만실의 처치는 소아과 인턴이 담당하고 있었다. 기본적 처치는 인턴이 담당하고 고위험 분만의 경우에만 전문의가 대기하고 있다가 처치하는 식이었다. 효율성과 경제성을 근거로 한 역할분담이었다(물론 분만은 산부인과가 담당하고, 분만 직후의 신생아 처치는 소아과에서 맡았다).

위급한 상황에서는 전문의들도 당황하기 마련이니 제대로 된 교육을 받지 못한 상태에서 분만실에 배치된 인턴들은 이런 위급한 상황에 놓일 때면 쉽게 패닉 상태가 되곤 했다. 1분간의 처치에 따라 신생아의 생사와 평생의 삶이 좌우될 수도 있기 때문이다. 하루에도 몇 번씩 고위험군 분만과 간담이 서늘해지는 상황이 반복됐다. 이제 막 의대를 졸업한 인턴들에게 신생아 심폐소생술은 큰 부담이었고, 간혹 트라우마로 이어지는 경우도 생겨났다. 인턴에게 이 모든 것을 부담시키는 병원 의료체계는 가혹하다.

볼리비아 정부는 의과대학 6년을 마친 후 1년간 병원에서의 인턴 수료를 의무화하고 있다. 즉 인턴 과정을 마쳐야만 의사로 활동을 할 수 있다. 한국에서의 인턴 과정도 녹록하지 않지만, 볼리비아 인턴들의 생활 역시 상당히 고단해 보였다. 전문의들은 시어머니, 간호사들은 시누이처럼 인턴들에게 쉴 새 없이 잔소리를 했다. 가끔 인턴들에게 도움이 될 만한 충고도 있지만, 대부분은 마음에 상처가 되는 비난들이었다.

엘알토 한국병원에서는 50여 명의 인턴이 각 과에서 일했다. 그중 우리 과에서는 10명 내외가 2개월마다 교대근무를 했으며, 인턴은 신생아집중치료실 및 소아병동 입원환자 차트 작성을 비롯해 중환자 전원(轉院) 시 환자수행 등 대부분의 일에 관여하고 있었다. 교대로 당직도 서고 퇴근도 늦었다. 만약 인턴들이 없다면 병원이 정상적으로 움직이지 못할 만큼 그들의 역할은 무척 중요했다. 끝날 것 같지 않던 고된 인턴생활을 마친 90%는 일반의로서 각지에서 활동할 수 있었다. 인턴들에게 이 시기는 마지막 배움의 시기이기에, 배움에 대한 열망이 매우 클 수밖에 없다.

인턴은 전문의들에게 배울 수 있는 권리가 있고 전문의들은 인턴들에게 가르침을 전해야 하지만, 현실은 그러하지 못했다. 전문의들은 자신이 맡은 업무가 과중해 준비된 가르침을 베풀 여유가 없었다. 그리고 인턴들은 맡은 업무를 처리하기에 급급해 의문을 가지거나 질문할 겨를이 없었다. 간혹 누군가 질문하면 "인턴, 너는 그것도 모르냐?"라는 비난을 듣기 일쑤였다. 그러니 질문하는 데 익숙할 수가 없었다.

이러한 병원 분위기 속에서 나는 우리 과 인턴들에게라도 제대로 된 가르침을 주고 싶었다. 인턴들에게 신생아의 생명을 구할 수 있는, 실전에서 바로 사용할 수 있는 가르침은 꼭 필요한 것이었다. 그래야만 그들이 진짜 의사가 될 수 있기에 나는 체계적인 교육을 준비했다. 그중에서도 신생아 심폐소생술은 인턴들이 가장 힘들어하고 두려워하는 처치였다.

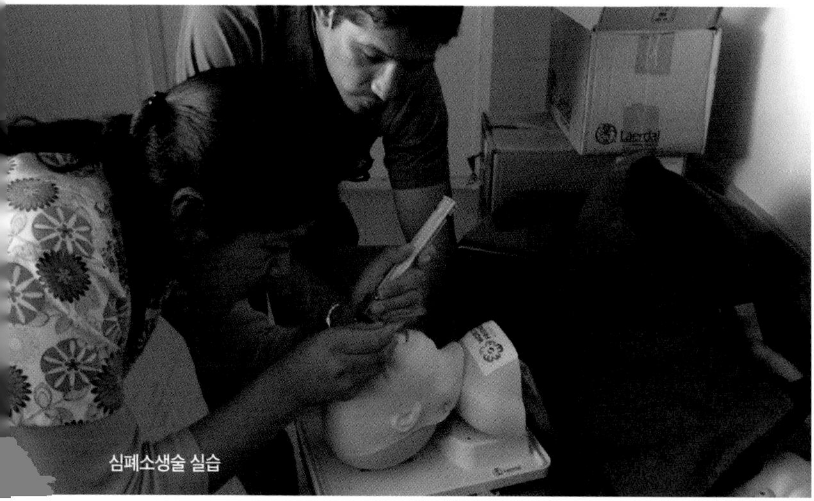
심폐소생술 실습

"여러분은 내년부터 지역 보건소에서 분만과 신생아 처치를 직접 담당해야 할 인력들입니다. 그곳에서는 이 모든 것을 스스로 해결해야 합니다. 그러니 심폐소생술을 완벽하게 습득해야만 합니다. 알겠죠?"

"하지만 해도 안 되는걸요. 배웠지만 여전히 모르겠어요."

실습 전까지도 인턴들은 심폐소생술을 다시 제대로 배워 보려는 의지가 없었다. 나는 하이메, 마르셀로, 발다, 실바라는 이름의 실습용 아기 마네킹을 구해와 반복적으로 실습할 수 있게 도왔다. 분만실에서 '신생아 질식' 상황이 발생할 경우 골든타임 안에 적절하고 능숙하게 대처할 수 있도록 '인턴들을 위한 신생아 심폐소생술 커리큘럼'을 만들어 반복적으로 가르치고 연습하게 했다. 이론 교육과 마네킹을 통한 시뮬레이션 교육을 병행하고 필기·실기 시험을 통해 이론과 실기가 균형을 이루게 했다. 또한 모니터링을 통해 분만실 처치 때 인턴 개개인의 부족한 점을 보완시켰다. 그렇게 2개월의 소아과 인턴 기간이 끝나면 모두가 신생아 심폐소생술 전문가가 돼 있었다. 다들 처음에는 걱정과 두려움이 가득했던 눈빛이었지만 나중에는 자신감이 넘치는 눈빛으로 변해 있었다.

인턴들의 또 다른 어려움은 소아 환자에 대한 정확한 진단과 치료였다. 동료 전문의들은 주요 질환을 교육했고, 나는 중증질환 소아 처치와 피부질환을 가르쳤다. 그중에서도 가장 중점을 둔 것은 실제 소아 환자를 치료할 때 숙지해야 할 '소아의 생체징후 판독법' '수액 치료' '진단법'이었다. 인턴들에게 병동 환자를 대상으로 가상 주치의가 돼 생체징후 평가, 수액치료, 약물치료 등에 대해 직접 오더를 내리는 연습을 할 기회를 주었다. 시험 후에는 답에 대한 첨삭지도를 통해 실수를 줄이도록 했다. 인턴들은 시간이 지날수록 조금씩 자신감 있는 태도로 환자를 치료하게 됐다. 그들은 어느덧 점점 진짜 의사가 돼 가고 있었다.

인턴수료식

인턴 과정이 끝나던 날, 인턴들이 "독도르, 우리 같이 춤춰요!"라며 자신들과 어울려 달라고 했다. 나는 "춤을 못 추는데…"라고 하면서도 인턴들의 성화에 못 이기는 척 엉거주춤 일어나 그들의 동작을 흉내 냈다. 나를 잘 따라와 준 그들에게 보답하기 위해 부지런히 몸을 움직였지만, 그들의 현란한 동작을 따라가기에는 무리였다. 그러나 의도하지 않았지만, 나의 독특한 춤은 그날의 하이라이트가 돼 인턴들에게 웃음을 선사했다.

그렇게 모든 행사가 마무리되고 기념 촬영을 했다. 1년간의 힘든 시간을 아름다운 웃음으로 마무리하는 인턴들의 모습에서 이들이 담당하게 될 볼리비아 의료계의 밝은 내일을 엿볼 수 있었다.

나는 소아과가 '희망나무'를 심는 진료과목이라고 생각한다. 희망나무가 제대로 뿌리를 내리고, 잘 자란다면 볼리비아는 초록으로 물들 것이다. 인턴들과 함께 시작한 희망나무 심기가 볼리비아 각처로 이어져 건강하고 아름다운 열매가 많이 맺히길 간절히 소망한다.

CHAPTER 3

네팔

외과
김병철

의료봉사를 꿈꾸던 새내기 의사 시절

내가 네팔의 의료현실을 알게 된 것은 1994년 무렵이었다. 본과 1학년이라 한창 의대 공부에 정신없이 치이며 살던 시절, 나는 우연히 책 한 권을 읽게 됐다. 토마스 헤일이라는 미국의 외과 의사가 전문의를 마친 후 안과와 산부인과·정형외과 등 타 과를 추가로 공부하고 의료 환경이 열악한 네팔 고르카 지방의 엠피팔 병원에서 좌충우돌하며 환자들과 겪은 일들을 일기 형식으로 쓴 <신식의사 산촌에 오다>였다. 그 책을 읽으며 나는 네팔이 어떤 나라인지 그리고 외과 의사가 열악한 의료 환경에서 어떻게 도움이 되는지 알게 됐다. 울림도 컸다. 그래서 막연하게 토마스 헤일처럼 외과의가 돼 많은 이들에게 의료적으로 도움을 줄 수 있는 사람이 되고 싶다고 생각했다.

생각해 보면 내게 의사라는 직업은 천직인 것 같다. 제주도가 고향인 나는 어려서부터 몸이 자주 아파 병원을 제집 드나들 듯했다. 태어날 때도 저체중이었던 탓에 의사 선생님은 부모님께 "이 아이는 달구지에 두부를 실어 가는 듯한 모양이니 조심조심 키우세요"라고 했단다. 그러다 보니 아픈 것을 고쳐 주던 의사라는 직업이 멋있고 보람찬 일이라는 생각을 자연스레 했던 것 같다. 아직도 당시의 병원과 의사 선생님 그리고 나를 치료해 주던 간호사 누나들의 모습이 눈에 선하다.

의사의 꿈을 키웠던 만큼 사람이든 짐승이든 몸에 대한 관심이 많았다. 이로 인한 에피소드도 많다. 한번은 동네에서 큰 잔치가 있어 돼지를 한 마리 잡는다기에 며칠 전부터 "꼭 돼지 몸 속을 보고 싶으니 제가 가면 잡아 주세요"라고 할아버지께 신신당부를 했는데, 그만 내가 없을 때 돼지를 잡아 버렸다. 나는 울며불며 난리를 쳤다. 그런 극성이 지금의 나를 만들었는지도 모른다.

본과 3학년 때는 이런 일도 있었다. 당시 응급실 실습을 나갔다. 하루는 기계에 머리카락이 말려 들어가 두피가 통째로 벗겨진 환자가 내원했다. 그때 나와 두 명의 실습생에게 특명이 떨어졌다. 두피 안쪽의 지방조직에 박힌 수많은 머리카락을 일일이 찾아내 제거하라는 것이었다. 우리는 함께 달려들어 머리카락을 제거하기 시작했는데, 세 사람 가운데 나 혼자만 끝까지 남아 2시간이 넘도록 머리카락을 제거했다. 나는 머리카락을 제거하는 일이 그렇게 재미있을 줄 몰랐다. 환자에게는 '재미'라는 말이 뭐하지만, 아무튼 그때 무언가를 깨끗하게 해서 환자

2006년 네팔에서 가족과 함께

치료에 도움을 준 것이 내게 큰 영향을 미쳤다. 후에 수술을 성공적으로 마치고 잘 회복돼 가는 환자를 보며 나는 큰 기쁨을 느꼈고, 외과의를 향한 꿈은 더욱 굳어져 갔다.

꿈꾸던 데로 나는 외과레지던트가 되었고, 4년 후 병역 복무를 대신하여 코이카 국제협력의사로 해외로 나갈 기회가 생겼다. 이때 네팔을 포함한 몇 나라 중 하나를 선택하게 되었다. 나는 이미 오래전부터 내 마음에 네팔이 자리해 있었기에, 나는 두 번 생각하지 않고 네팔을 선택했다. 그렇게 해서 나는 외과의가 되겠다고 결심한 지 10년 만에 네팔로 가게 됐다.

네팔에서의 처음 몇 달은 정말 행복했다. 새로운 나라, 새로운 문화에 적응하면서 마치 의사가운을 처음 입었을 때처럼 흥분됐다. 외과의가 되겠다고 결심하게 한 책의 저자인 토마스 헤일이 쓰시던 기구들을 보면서 감회에 젖기도 했다.

그러나 네팔에서의 의사생활은 모든 것이 생각처럼 쉽지만은 않았다. 근무를 시작하고서 얼마 되지 않았을 때, 퇴근시간 무렵 급성 충수돌기염 환자가 응급실에 왔다. 나는 진단을 내리고 수술을 할 수 있게 수술실에 연락을 했다. 그런데 수술실 간호사들은 "닥터 김은 근무시간이 끝난 후 수술을 하면 돈을 더 받으십니까? 우리는 돈을 받지 않습니다. 그래서 수술을 할 수 없어요"라고 말했다. 나는 돈을 더 받기 위해서 수술을 한다는 생각은 꿈에도 해 본 적이 없었기에 그런 말을 들으니 황당할 따름이었다. 사정사정해서 결국 수술을 하긴 했지만, 기분은 썩 좋지 않았다. 게다가 왠지 나를 경계하는 듯한 병원 직원들의 태도에 불편함과 어색함도 적지 않았다.

그러던 어느 날 전신의 40%에 2도 화상을 입은 환자가 내원했다. 나는 이 환자에게 아침저녁으로 1시간씩 드레싱을 하며 2개월간 꾸준히 치료했다. 간호사들은 왜 이런 환자를 다른 병원으로 보내지 않고 매일 소독하는지 이상하다는 듯 나를 바라보았다. 그러나 나는 멈추지 않고 꾸준히 환자에게 드레싱을 하며 시간을 아끼지 않고 성심껏 환자를 치료했다. 그러자 환자는 점차 회복되고 마침내 완치돼 퇴원하게 됐다. 이후로 병원의 직원들은 나를 경계하지 않고 동료로 대해 주었고, 나도 병원에 잘 적응하며 즐겁게 일할 수 있었다. 이를 계기로 나는 '상대가 누구든 그의 마음을 열게 하는 것은 나의 진심이 담긴 행동'이라는 것을 배우게 됐다.

두피에 파고든 구더기, 충수돌기를 파고든 회충

지금으로부터 16년 전 네팔의 의료 상황은 현재와는 비교가 되지 않을 정도로 열악했다. 의사를 만나려면 며칠씩이나 산길을 걸어서 병원에 오는 경우가 허다했다. 환자들의 상태도 대부분 심각한 경우가 많았다. 하지만 더 큰 문제는 따로 있었다. 환자를 대하는 의사들의 마음이 꽉 막힌 경우가 많았다는 것이다. 나 또한 그러했는지 모른다.

내가 근무하던 병원에 닥터 라주라는 외과의가 새로 왔다. 그는 나보다 연장자였는데, 처음에는 내게 잡다한 일을 조금씩 시키기 시작하더니 나중에는 내가 환자에게 처방한 오더를 마음대로 바꾸기까지 했다. 한국에서라면 있을 수 없는 일이었다. 내가 레지던트라면 모르지만, 나는 분명히 전문의였고, 한국에서 전문의는 환자를 전담해 처방하고

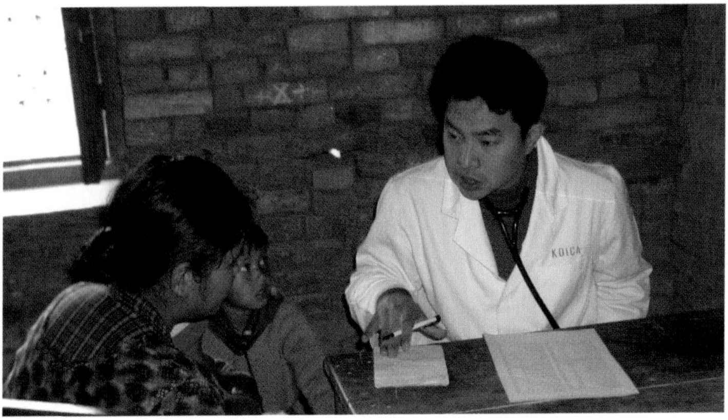

네팔 버디켈에서 의료봉사 중인 글쓴이

진료한다. 선배 의사라 하더라도 좀 더 나은 방법을 조언할 뿐이지 다른 사람이 낸 오더를 자기 이름으로 바꾸는 일은 있을 수가 없었다. 만약 환자에게 문제가 생긴다면 책임 소재가 바뀌므로 법적으로도 맞지 않는 일이었다.

그의 그런 행동은 한동안 계속됐다. 나는 그에게 내 오더를 함부로 바꾸지 말고, 잡다한 업무를 내게 시키지 말아 달라고 요구했다. 그러자 그는 "수술 연습을 하려고 네팔로 온 것 아니냐"며 나를 수준 이하의 의사로 취급했다. 미치고 펄쩍 뛸 노릇이었다. 한국에서 제대로 된 의료 교육을 받은 나를 신출내기로 취급하니 머리끝까지 화가 났다.

하지만 집으로 돌아가 가만히 그 일을 생각하면서 하나님께 기도하고 내가 어떤 마음으로 네팔에 왔는지를 곰곰이 되돌아봤다. 해외 의료봉사를 마음먹을 때 현지에서 생기는 어느 정도의 불편함은 감수하겠다고 각오한 터였다. 그런데 이런 작은 일로 화를 내고, 내 얘기만을 고집하는 것은 옳지 않다고 생각했다. 그래서 마음을 조금 내려놓고 '그가 원하는 대로 해 주자. 그를 도와주자'고 마음을 먹었다. 그렇게 생각하고 나니 마음이 한결 편해졌다.

그리고 며칠 뒤 그가 내게 한 환자를 보여 주었다. 열서너 살쯤 돼 보이는 아이였다. 아이의 머리는 두피가 부풀어 딱딱해져 있고, 군데군데 구멍이 조금씩 나 있었다. 닥터 라주가 내게 웃으며 물었다.

"닥터 김, 이 환자는 어떻게 치료하는지 알아요?"

처음 보는 케이스라 나는 치료 방법을 알 수 없었다. 그래서 "두피를 열고 수술해야 하나요?"라고 물었다. 그러자 닥터 라주는 "이 환자는 여기 구멍에 기름을 부어주면 돼요. 그러면 구더기가 알아서 나와요"라면서 웃음 지었다. 나는 깜짝 놀랐다. 그리고 그의 말대로 두피에 난 구멍에 기름을 부었더니 얼마 뒤 구더기가 스멀스멀 기어 나왔다. 그 병은 두피에 생긴 상처를 치료하지 않아 그곳에 파리가 알을 까고, 구더기가 자라 생긴 피부기생충질환이었다. 그 환자는 매일 두피에 난 구멍으로 기름을 붓고 구더기를 빼는 처치를 받았다. 나를 돕는 간호사는 "닥터 김, 오늘은 26마리 나왔어요" "오늘은 15마리예요" 등을 매일 알렸다. 그리고 마침내 구더기가 더는 나오지 않게 되자 부어 있던 두피가 서서히 가라앉고 상처가 아물었다.

이 일을 겪으며 나는 '잘사는 한국에서 못사는 네팔로 선진 의료지식을 전수하러 왔다'는 터무니없는 생각을 완전히 내려놓게 됐다. 닥터 라주는 네팔 사람들의 질병에 대해서만은 확실히 나보다 훨씬 나은 의사였다. 봉사하려고 왔으면서 다른 사람보다 조금 더 낮은 자리에서 일하는 것에 화를 낸 나 자신이 얼마나 부끄러운지를 깨닫고, 민망함에 얼굴이 화끈거렸다. 나는 이 일을 통해 진정한 봉사라는 것이 무엇인지 깊이 고민하게 됐고, 봉사란 단순히 뭔가를 베푸는 것이 아니라 그냥 함께 사는 것을 배우는 일이라는 사실을 깨달았다. 봉사에 대한 나름의 짧은 개똥철학을 하나 얻은 셈이다.

수개월 뒤 나를 또다시 당황케 하는 환자가 생겼다. 고령의 급성 충수돌기염 환자로, 수술은 잘 끝난 상태였다. 하지만 얼마 뒤부터 그의 수술 상처에서 대변이 조금씩 새어 나오기 시작했다. 나는 매일 열심히 드레싱을 해 주었지만, 상처는 나을 기미가 보이지 않았다. 심지어 2주 후쯤 환자의 허벅지에 큰 종기까지 생겼다. 나는 당혹스러운 마음과 함께 무거운 심정으로 고름을 제거하기 위해 종기를 절개했고, 화들짝 놀라고 말았다. 종기를 절개하자 고름 속에서 회충이 발견됐기 때문이다.

회충은 좁은 공간에 머리를 집어넣는 습성이 있는데, 충수돌기 절제술을 시행하자 환자의 장 속에 있던 회충이 더 좁아진 충수돌기 입구를 비집고 들어갔다가 절제 부위의 봉합을 터트리고 점점 아래로 내려가 허벅지까지 간 것이었다. 나는 이 환자의 치료 과정을 겪으면서 환경과 문화가 다를 때 질병의 생태가 어떻게 바뀌는지 경험하게 됐다. 이후 우리 병원에서는 모든 수술환자에게 기생충 약을 투여하게 됐다. 기생충마저 내게 좋은 선생님이 될 수 있음을 배운 시간이었다.

2020년 네팔 최초 복강경 유주비장절제수술 후 동료들과 함께

다시 돌아온 네팔

나는 2007년 대장·항문 외과의원을 개원해 2016년 12월까지 만 10년 동안 개원의로 지냈다. 그러나 사실 3년간의 국제협력의사 생활을 마치고 한국에 들어온 후 전임의 근무를 하며 지낸 지 1년 정도가 됐을 때 다시 해외로 나가고 싶어졌다. 하지만 아내의 입장은 완강했다. 도저히 지금은 못 나가겠고, 10년 후에는 생각해 보겠다고 했다. 나는 가족이 모두 한마음으로 봉사를 해야 의미가 있다고 생각해 아내의 의견을 따르기로 했다. 그리고 10년간 열심히 일했다. 매일 대여섯 명씩 항문 질환 수술을 집도했고, 대장내시경도 하루에 서너 명씩 했다. 내가 일하던 병원에서 가장 연장자이던 원장님이 유방·갑상선 분야의 권위자라 유방·갑상선 질환 환자에 대한 경험도 많이 쌓을 수 있었다.

그러던 중에도 마음에는 늘 '언제까지 개원의 생활을 할 수 있을까' 하는 생각이 자리해 있었다. 매일 열심히 수술을 집도하고, 내시경을 진행하고, 유방 몽우리를 제거하는 등 바쁜 나날을 지내며 환자들이 건강해지는 모습을 지켜보는 것도 보람 있지만, 점점 지쳐 가는 것 또한 부인할 수 없었다. 개원의도 분명 의미 있는 일이지만 많고 많은 대장항문외과 의사 가운데 한 사람으로 그저 그렇게 가게를 하듯 병원을 운영하는 것이 내게 주어진 일인지 늘 의문이 들었다.

그래서 나는 더 늦기 전에 다시 해외로 나가고자 방법을 모색했다. 하지만 10년 사이 의사로서 KOICA를 통해 해외에 나가는 길은 막혀 있었다. 이 때문에 '보건 전문가'라는 다른 방향을 찾아 KOICA에 지원했다. 대학에서 보건학과 연관이 많은 예방의학을 배웠기에 보건학에 대해서 어느 정도는 안다고 생각했기 때문이다. 하지만 막상 면접에서 보건학에 대한 질문을 받으니 스스로 만족할 만한 대답을 할 수가 없었다. 나는 다시 공부를 시작해 보건학 박사 과정에 도전했다. 늦은 나이에 쉽지 않은 도전이었지만 젊은 동기들과 함께 열심히 공부했다. 또 보건 분야와 국제원조 분야의 지식을 쌓기 위해 KOICA에서 실시하는 ODA(해외공적원조) 3급 전문가 자격도 취득했다.

때마침 ODA를 취득한 다음 해부터 글로벌협력의사제도가 시작됐다. 해외로 나가 의료봉사를 할 길이 KOICA를 통해 다시 열리게 된 것이다. 나는 1기로 도전해 고배를 마셨지만, 포기하지 않고 다음 해 또다시 도전했다. 시험에 재도전하며 '하나님, 이번에 떨어진다면 저를 해외로 보내실 생각이 없는 줄로 알겠습니다'라고 기도했다. 가족들에게도 "이번이 마지막이다"라고 이야기하며 배수의 진을 쳤다.

당시 외과 분야 봉사자로는 우간다로 갈 사람을 뽑게 돼 있었다. 존경하는 선배께서 먼저 우간다에서 의료선교사로 일하고 계셨고, 나도 단기의료봉사를 여러 번 다녀온 경험이 있어 우간다로 가게 되기를 바

2017년 네팔에서 가족과 함께

라는 마음도 적지 않았다. 그런데 결과를 기다리던 중 KOICA에서 "우간다가 아니라 네팔로 갈 수 있겠냐"고 물어 왔다. 결국 네팔에서의 의료봉사 경험이 내게 두 번째 기회를 열어 준 셈이다.

기쁜 마음으로 네팔행을 수락하고 준비하던 중 나는 하나님께 감사할 만한 여러 소식을 듣게 됐다. 이전에 네팔에서 근무할 때 함께한 소장님께서 여전히 그곳에서 근무 중이셨고, 당시의 동료 의사가 현재는 한국·네팔친선병원의 병원장이 돼 있었다. 그런 덕분에 외과에 자리가 마련돼 내게 기회가 온 것이었다. 나는 이 모든 것이 하나님께서 하신 일이라 생각하며 감사기도를 드렸다.

한·네친선병원에서 2017년 3월부터 근무를 시작했다. 다시 돌아온 네팔의 생활은 생각만큼 쉽지 않았다. 우선 고3, 중3, 초등 6학년인 아이들을 데리고 와서 공부를 시키는 것 자체가 너무나 무모한 것이었다. 고3으로 올라갈 큰아이를 2년 내려서 여기 영국제 학제에서 10학년으로 입학시켰다. 그래도 유치원과 초등학교 1학년까지 네팔에서 보냈기 때문에 조금은 기억도 남아 있으니 적응이 쉽지 않을까 생각했다. 하지만 웬걸. 학교 공부에 전혀 적응하지 못했다. 이듬해 1월에는 공부를 포기하고 시험지를 백지로 내는 지경에 이르렀다. 나는 내 생각이 완전히 잘못됐음을 시인할 수밖에 없었다.

아이를 제대로 신경 쓰지 못한 후회가 밀려들었다. 그나마 감사한 것은 큰아이가 한국에서 검정고시를 보고 좋은 성적을 얻은 후 준비를 잘

해 외국의 대학에 합격한 것이다. 비록 한 번의 실패를 겪었지만, 자기가 해 보고 싶은 의대 공부를 열심히 준비해 외국 의대에 합격할 수 있었다. 다시 네팔에 왔을 때 처음에는 답답한 마음에 집에 틀어박혀 게임만 하던 녀석이 어느새 성숙해져서 스스로 자신의 인생을 준비하며 길을 열어가는 모습이 정말 대견했다.

둘째 딸과 셋째 아들도 힘들기는 마찬가지였다. 안 되는 영어로 공부를 하려니 매일 힘이 들 것이 뻔했고, 아이들은 눈물을 흘리며 "왜 데리고 왔냐"고 원망하기 일쑤였다. 그런데 어느새 3년이 지나니 이제는 영어로 공부하는 것이 자연스러워졌고, 여전히 힘든 점은 있지만 "한국에 있었으면 알지 못했을 것들을 배우게 됐다"며 "해외에서 공부하는 것도 그렇게 나쁜 것만은 아닌 것 같다"고 얘기한다. 그저 감사할 따름이다.

특히 묵묵히 나를 격려하며 옆에서 응원해 주는 아내는 세상 무엇보다 귀하고 고맙다. 이렇듯 가족이 함께하기에 봉사도 할 수 있고, 의미 있는 삶도 살 수 있는 것이라고 확신한다.

네팔의 대장·항문외과 의사

다시 돌아온 병원의 상황은 그리 좋지 않았다. 근무하는 의사는 대부분 파트타임 의사들로 매일 오후에 한두 시간 근무하거나 일주일에 겨우 두 시간 정도만 근무했다. 나처럼 풀타임으로 근무하는 전문의는 고작 산부인과에 1명, 소아과에 1명이 전부였다. 그리고 여기에 10여 명의 메디컬 오피셔(medical officer)가 있었는데, 그들은 한국으로 따지자면 의대만을 마친 새내기들이었다. 게다가 마취과 의사마저 파트타임으로 일했기 때문에 수술 일정을 잡기도 어려웠다.

그런 가운데 나는 내가 할 수 있는 일부터 천천히 시작했다. 대장·항문외과 의사로서 대장내시경 시술을 시작하고, 직접 미추(꼬리뼈) 마취를 할 수 있는 항문 수술은 낮 시간대 정규수술 일정을 정해 집도했다. 처음에는 반신반의하던 간호사들도 나의 익숙한 술기를 보며 점차 내게 마음을 열어 주었다. 네팔에는 대장내시경 전문의가 별로 없었다. 더욱이 보통 1시간 이상 소요된다고 생각하던 내시경 시술을 5분 만에 끝내는 나의 시술을 매우 신기해했다.

2018년 네팔 보건소에서 환자를 진료 중인 글쓴이

병원 상황이 좋지 않았지만 나는 내가 할 수 있는 것들에 집중했다. 그러자 조금씩 변화가 일어나기 시작했다. 항문 수술을 잘하는 의사가 있다는 이야기를 듣고 나를 찾아오는 환자도 생기고, 다른 병원에서 대장내시경을 위해서 우리 병원으로 환자를 보내기도 했다. 나는 그렇게 조금씩 조금씩 분야를 넓혀 갔다. 한동안 하지 않았던 복강경 수술도 성공적으로 다시 시작해 지금은 일주일에 2~3케이스의 복강경 담낭절제술을 시행하고 있다. 얼마 전에는 네팔 최초로 유주비장(비장이 왼쪽

상복부에 고정되지 못하고 밑으로 내려와 복강 내 위치한 질환)을 복강경 비장 절제술로 제거했다. 또 복강경 수술이 활발해지자 산부인과 의사들도 배우기를 원해 함께 복강경 난소낭종 절제술 및 난소 절제술을 시행하기도 했다.

3년 동안 병원은 많은 발전을 이뤘다. 네팔에 새롭게 시작된 의료보험사업을 통해 우리 병원은 의료보험 지정병원이 됐고, 이를 통해 이전에는 수술비가 없어서 수술받지 못하던 많은 환자가 수술을 받을 수 있게 됐다. 현재는 4인 가족 기준으로 4만 원 정도면 1년 동안 한국 돈 100만 원 정도의 금액 범위에서 무상치료를 지원받을 수 있다. 이런 혁신적 제도는 한국의 의료보험 시스템을 모델로 했다. 이렇듯 KOICA 프로젝트를 통해 전문가 지원과 연수사업이 시행되고, 성공적으로 자리를 잡아 가고 있다.

의료보험 지정병원이 되면서 환자 및 수술도 10배가량 증가했고, 덕분에 의료인력도 많이 증원됐다. 우리 과에도 전문의 충원이 있었다. 나를 제외한 나머지 3명의 의사는 모두 전문의 과정을 마친 지 1년이 채 되지 않은 젊은 의사들이다. 나는 이들에게 내시경 모델을 통해 대장내시경 시술법을 가르치고 대장·항문 수술 외에도 여러 술기를 가르치고 있다.

네팔 의사들은 매우 똑똑하고 열정이 넘친다. 하지만 정확한 수술의 과정을 잘 알지 못한 채 새로운 지식을 습득하기보다는 과거에 배운 것만을 최고로 여기는 좋지 못한 관습이 있었다. 대개 윗사람들이 그런다. 나는 그런 이들에게 내가 아는 의료지식을 함께 나누고, 수술 술기와 원칙들을 가르치면서 많은 보람을 느끼고 있다.

제14회 대한민국 해외봉사상 국무총리상 수상

2019년 12월 나는 뜻하지 않게 제14회 대한민국 해외봉사상 국무총리상을 받게 됐다. 훌륭한 선생님들이 많이 계신데도 내가 이렇게 큰 상을 받게 돼 죄송스러웠지만, 한편으로는 '작은 일에도 묵묵히 섬김의 시간을 가지니 이렇게 큰 상을 주시는구나' 하는 생각이 들기도 했다.

이를 계기로 나는 그동안의 의사생활을 조금이나마 돌아보았다. 처음 군의관 대신 네팔에서 의료봉사를 하던 시절, 네팔로 돌아오기 전 10년 동안 부지런히 항문 수술과 대장내시경을 하며 다시 의료봉사를 나가기 위해 준비하던 시절이 차례로 떠올랐다.

개원의를 하는 동안 물질적으로는 조금 여유가 있었지만 매일 항문 수술과 대장내시경을 하느라 많이 힘들고 지쳤다. 하지만 돌이켜 생각해 보니 그때 쌓은 대장내시경 실력과 항문 수술 실력으로 지금 이렇게 네팔로 와서 이곳의 의료진에게 도움을 줄 수 있다는 점에서 참 의미가 있는 시간이었다. 그런 힘든 시기가 있었기에 지금 기쁨으로 누군가를 가르칠 수 있는 것임을 배우고, 삶의 한 부분이라도 절대 허투루 보낼 수 없음을 새삼 깨닫는다.

지금 네팔에서는 해마다 1000명가량의 젊은 의사들이 배출되고 있다. 몇 년 후면 이 의사들은 전문의가 되고, 또 환자들을 많이 진료하게 될 것이다. 지금은 내가 이렇게 무언가를 가르치고 있지만, 시간이 흐른 뒤에는 이 젊은 의사들이 나보다 수술도 훨씬 잘할 것이다. 얼마나 더 네팔에서 내가 가진 것을 나눌 수 있을지 모르지만, 그저 오늘에 감사하며 내가 오늘 할 수 있는 일을 하리라 마음먹는다. 때가 되면 또 다른 길이 나에게 열릴 것이라고 믿으면서 말이다.

CHAPTER 4

몽골

한방내과
문성호

울란바토르 시내의 한·몽 친선한방병원

몽골과의 첫 인연은 한방병원 레지던트 2년 차이던 2000년 겨울에 시작됐다. 나는 경기도 고양시의 가구공단 내 '게르 방'이라는 곳으로 의료봉사를 나갔다. 처음 마주한 몽골인들은 언어를 제외하고는 외모나 정서적으로 별로 낯선 느낌이 들지 않았다. 대부분 이주 노동자들이었던 그들은 의외로 침술이나 한약 치료를 무척 좋아하고 의료봉사 활동에 대해 긍정적으로 반응해 주었다. 나는 일요일마다 봉사를 나가 하루에 서른 명 내외의 몽골인들에게 한방 진료를 했다.

나는 글로벌 협력의료진으로 선발돼 2016년 3월부터 몽골의 수도 울란바토르의 한·몽친선한방병원에 파견됐다. 2001년 10월 몽골 정부와 KOICA의 협력으로 설립된 우리 병원은 한의학과 몽골 전통의학 간의 상호 교류와 협력·발전을 목표로 했다. 나는 병원에서 컨설턴트라는 직함을 받았지만, 실제 담당한 업무는 주로 환자들에 대한 진료 활동과 현지 의료진에 대한 한의학 교육이었다.

글로벌 협력의료진에게 주어진 가장 큰 임무는 의료진에 대한 교육 활동이지만, 내가 파견됐던 곳에서는 환자 진료도 병행해 주기를 원했다. 나는 진료를 주로 하며 실습을 오는 몽골 전통 의과대학 학생들을 교육했다. 병원에는 몽골 전통의학 전공의가 세 사람 더 있어서 그들과 함께 글로벌 협력의료진으로서의 교육 활동을 했다.

몽골 전통의학은 한의학과 비슷한 면이 있지만, 다른 부분이 더 많았다. 이론적으로는 한국과 중국의 전통의학과는 달리 티베트 전통의학이나 인도의 아유르베다 의학까지 접목하고 있었다. 치료 방법으로는 침술과 한약을 사용하기도 했지만, 마사지·방혈요법·흙치료·약수치료 등이 더욱 우선시되는 경향이 있었다. 거기에다가 혹한의 날씨가 이어지는 겨울철에는 침을 맞은 후 혈위(穴位)에 찬바람이 들어가면 안 된다는 잘못된 속설 때문에 침술 자체를 거부하는 환자들도 있었다. 나는 2016년 업무를 시작한 후 1년 평균 약 1만 7000명의 현지 환자들을 진료했다. 대부분의 현지 환자들은 한국인 의사에게 진료받길 원해 바쁜 나날이 계속됐지만 그만큼 업무에 대한 보람과 만족도가 좋았다.

전통 의과대 학생 및 한·몽 친선 한방병원 의료진에 대한 교육

교육 사업은 앞서 말했듯이 한·몽친선한방병원의 의료진과 울란바토르 시내의 전통 의과대 학생 등을 대상으로 했다. 나는 함께 근무하는 의료진에게 침구학·경혈학·본초학뿐 아니라 약침·이침·테이핑·한방물리요법 등 한의학의 선진적인 치료 기법에 대해 교육했다. 또 계절마다 몽골에서 빈번하게 발생하는 질환과 치료법에 대한 강의도 진행했다. 위탁교육 차 병원을 찾은 의과대 학생들에게는 1년에 2회 약 2개월간 한의학 이론 및 실습 교육 활동을 진행했다. 대학에는 실습 시설이 부족한 점을 감안해 우리 병원은 학생들이 임상 경험을 충분히 쌓을 수 있게 도왔다.

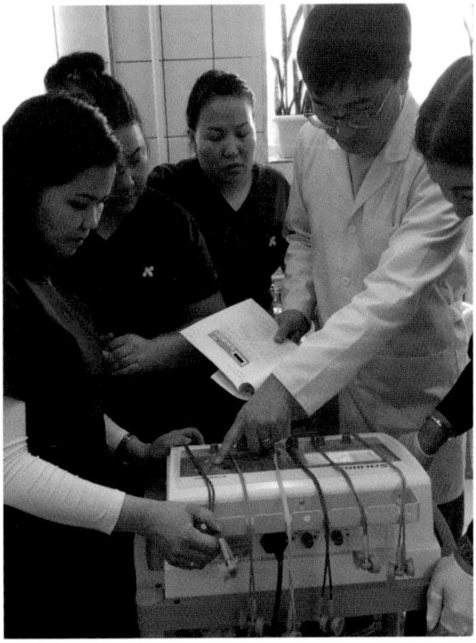

МОНГОЛ СОЛОНГОСЫН ДОРНЫН
АНАГААХ УХААНЫ ТӨВ
MONGOLIA-KOREA FRIENDSHIP ORIENTAL MEDICAL CENTER
BKOM

한·몽친선 한방병원이라는 결실

한·몽친선한방병원에서는 직원 16명이 근무했다. 기관장(Jambal Jav)은 외과 전문의였고, 4명의 의사와 4명의 간호사 그리고 행정·관리·통역 직원 등으로 구성돼 있었다. 대부분 근무한 기간이 길어 서로 손발이 잘 맞고 협력이 잘 되는 가족적인 분위기였다. 근무자 모두 따뜻한 마음으로 환자들에게 정성을 다했다. 그들은 KOICA 글로벌 협력의료진에게 매우 협조적이었고, 병원 운영에 대한 의견을 적극적으로 받아들였다.

2018년에는 병원부지 전체가 민영화되면서 잠시 존립이 위기를 맞기도 했다. 하지만 대사관과 KOICA에서 여러 차원의 노력을 해 주었다. 또 병원 운영이 계속되기를 바라는 환자들의 적극적이고 자발적인 투서도 이어졌다. 이에 몽골 보건부에서 우리 병원의 중요성을 인정해 주어 병원은 폐원하지 않고 계속 운영될 수 있었다.

우리 병원을 내원하는 환자의 대부분은 몽골인이었고 그 외에도 한국인·러시아인·일본인·미국인 등 다양한 국적의 사람들이 내원했다. 병원에는 울란바토르뿐 아니라 1000㎞ 이상 떨어진 지방에서도 치료를 받으러 왔다. 도시의 환자들이 주로 생활 방식 및 행동 의존적 질환으로 내원하는 경우가 많았다면 지방에서는 목축업이나 광산업에 종사하는 이들이 근골격계 질환으로 내원하는 일이 주를 이뤘다. 환자들은 검사결과를 토대로 과거력부터 현 병력까지의 인과관계를 자세히 논의하고 싶어 했다. 그 때문에 1인당 진료시간이 긴 편이었지만, 그들은 의사의 지시에 잘 따르고 치료 과정에 협조적이었다.

한편 몽골에서는 1년에 한 번씩 대사관과 한인회의 주최로 한국의료 홍보회를 열었다. 한국에서 치료받기를 원하는 몽골인들을 대상으로 한국의 의료기관들이 부스를 마련하고 홍보 활동을 진행했다. 한국의 의료 수준을 높게 생각하고 방문하는 수가 늘어나면서 행사는 매우 인기가 많아졌고, 그중에서도 한방 부스는 늘 인산인해였다.

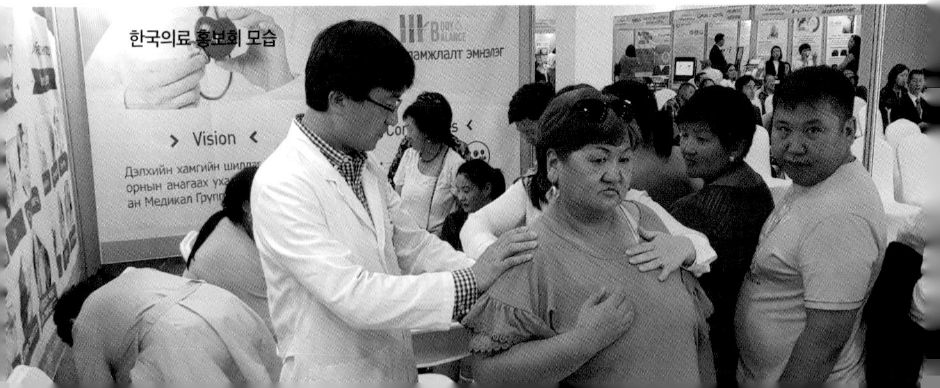

한국의료 홍보회 모습

한·몽친선한방병원은 2001년 설립 이후에 2019년까지 총 31만여 명의 환자가 내원할 정도로 몽골 내 전통의료 분야에서는 매우 잘 알려진 의료기관이었다. 이후로도 KOICA를 통한 정부파견의, 국제협력의, WFK 자문단 형태의 의료진과 물리치료사·방사선사·임상병리사 등 일반봉사단원들이 꾸준히 파견돼 왔다. 환자들은 KOICA에서 몽골에 이러한 병원을 만들어 주었다는 사실을 매우 감사하게 생각하며, 한국의 의료진에게도 고마움을 자주 표시했다. 만 19년 이상 같은 자리에서 ODA 활동을 펼친 한·몽친선한방병원은 그동안 KOICA에서 파견된 인력들의 땀으로 이룬 결실이라 할 수 있다. 나 역시 이들의 노력이 헛되지 않도록 글로벌 협력의료진으로서 더욱 최선을 다해야겠다는 다짐을 했다.

한·몽친선한방병원 역대 파견자 명단

No.	성명	분야	연도
1	김중길	한의사	2001
2	유선혜	간호사	2001
3	정혁수	임상병리사	2002
4	김영대	방사선사	2002
5	문영식	한의사	2003
6	이혜자	임상병리사	2003
7	정인영	방사선사	2004
8	정용수	한의사	2004
9	김문선	방사선사	2005
10	김태훈	한의사	2006
11	이유식	방사선사	2007
12	경혁수	한의사	2007
13	김태환	한의사	2008
14	강만호	한의사	2009
15	오혜선	방사선사	2010
16	황형주	한의사	2010
17	정민규	한의사	2011
18	윤승규	한의사	2012
19	송영훈	물리치료사	2013
20	김민재	방사선사	2013
21	홍현숙	물리치료사	2013
22	선현주	한의사	2014
23	김진섭	방사선사	2014
24	정민주	물리치료사	2015
25	문성호	한의사	2016

몽골의 4계절

몽골은 사계절 모두 건조하고, 특히 겨울철 날씨가 매우 혹독하다. 수도인 울란바토르는 겨울에 최저 온도가 무려 영하 40도 가까이 떨어지기도 하는 아주 추운 도시다. 겨울은 11월에서 2월까지 4개월 정도 길게 이어지며, 보통은 10월에서 4월까지 약 1년의 절반 동안 영하의 온도로 떨어진다.

비록 겨울이 길다고 할지라도 몽골의 1년을 통틀어 보면 4계절을 모두 가지고 있다. 봄은 3월에서 5월까지로, 아침저녁으로 춥고 바람이 많이 부는 매우 변덕스러운 날씨를 보인다. 황사가 많이 발현하는 시기도 이때다. 6월에서 8월까지인 여름은 최고 기온이 30도를 넘는 경우도 있지만, 한국처럼 끈적거리는 더위는 아니어서 비교적 쾌적하고 시원하게 보낼 수 있다. 선풍기나 에어컨을 사용하는 날은 손에 꼽을 정도이고, 산과 들은 아름다운 초원의 푸르름이 절정을 이룬다. 가을은 9월에서 10월까지의 기간이며, 밤낮으로는 많이 서늘해지고 나뭇잎이 단기간에 옷을 바꾸어 입고 떨어진다. 한국과는 다른 빛깔의 단풍이 색다른 아름다움을 선물한다.

순회진료의 즐거움

원내에서의 업무가 안정돼 가면서 분기마다 지방 순회 의료봉사 활동을 추진했다. 몽골은 수도와 지방의 의료 격차가 매우 큰 편이라 수백 수천 킬로미터 떨어진 시골에서도 검진이나 수술을 위해서 울란바토르까지 오는 경우가 많았다. 이 때문에 순회진료를 위해서 가깝게는 50㎞ 정도부터 멀게는 700~800㎞ 이상의 거리를 차량으로 이동했다. 매우 고단한 길이었지만 나는 그 가운데에서도 여러 즐거움을 찾을 수 있었다.

우선 긴 이동의 과정 중에 보이는 몽골의 대자연은 계절마다 풍경을 달리하며 즐거움을 선사했다. 끝이 없이 펼쳐지는 넓은 대지에 산과 호수, 사막 등이 다양하게 어우러졌다. 한국에서는 보기 힘든 무지개를 보게 되는 경우도 많았다. 같은 풍경을 오랫동안 보아도 지루하지 않고 오히려 일상생활의 복잡함과 잡념을 날리며 힐링하는 시간이 됐다.

이와 더불어 몽골의 산과 들에 분포한 다양한 약용 식물들을 관찰할 수도 있었다. 이는 한의학의 본초학을 전공한 사람으로서 큰 기쁨이 아닐 수 없었다. 몽골처럼 척박하고 일교차가 큰 환경에서 자생하는 식물들은 상대적으로 더욱 풍부한 유효성분을 함유해 약효가 뛰어나다. 실제로 몽골은 한약재 중 가장 많이 사용하는 약재들인 감초와 황기의 원산지로 유명하고, 다른 지역의 것보다 우수한 약효를 가진 것으로 전해지고 있다.

봄부터 가을까지 몽골의 초원은 그야말로 야생화 천국이 됐다. 마황·사극·육종용·홍경천·대황·방풍·백리향·산자나무·엉겅퀴 등 다양한 약용식물이 지천이었다. 심지어 혹한이 이어지는 겨울에도 가까운 산을 조금만 올라가면 자작나무 숲을 쉽게 볼 수 있고, 거기서 자생하는 차가버섯이나 말굽버섯과 같은 약용 버섯류를 쉽게 채취할 수도 있었다. 이러한 균류들은 면역력 증진과 더불어 항산화·항암 작용 등의 효능 때문에 한국에서도 인기가 많고 고가에 거래되는 약재들이다. 몽골의 민간요법에서는 이러한 약재들을 사용하기는 하지만, 구체적인 효능에 대해서는 일반인들이 모르는 경우가 많다.

또 하나 순회진료의 큰 즐거움은 지역 의료진과 환자들의 환대다. 지방으로 순회진료를 나가면 그 지역의 요양병원, 국가병원, 보건소, 게

르촌 등 다양한 곳에서 진료 활동을 했다. 작은 규모의 병원에도 몽골 전통의학을 전공한 의료진이 근무하고 있는 경우가 많은데, 그 경우에는 단순한 진료가 아닌 한의학에 대한 홍보가 주된 활동이 되기도 했다. 의료진은 진료에 계속 참관하고, 진료 보조의 역할을 해 주었다. 나는 그들이 가지고 있던 한의학에 대한 궁금점에 답을 해 주거나 따로 시간을 할애해 간단히 임상강의를 진행하기도 했다.

남녀노소의 다양한 환자들이 순회진료소를 찾아왔다. 지방의 경우 목축업이나 광산업에 종사하는 육체노동자들이 많아서 주로 근골격계 질환 환자들이 대다수였지만 그 외에도 호흡기계 질환, 순환기계 질환, 소화기계 질환 등을 가진 다양한 환자들을 만났다. 그들 중에는 순회진료 봉사에서 치료를 받고 병세가 호전돼 더욱 지속적인 치료를 위해 울란바토르의 한·몽친선한방병원까지 찾아오는 경우도 많았다.

봉사단원으로는 울란바토르에서 한의학 교육을 받던 몽골의 의사들이 함께하기도 했다. 학부 때부터 침술 교육을 받았지만 직접 시술할 기회가 적었던 현지 의료진에게 나는 한의학 이론과 실습에 대해 충분히 교육했다. 그리고 그들이 직접 의술을 펼치며 다양한 임상 경험을 쌓을 수 있게 도왔다.

나는 2019년 한 해 동안 총 4번의 순회진료 활동을 다녀왔다. 2월에는 울란바토르 외곽의 경찰 요양병원에서 활동했고, 5월에는 바양호쇼 지역 성소피아 본당의 지역 병원에서 활동했다. 8월에는 수도에서

약 400㎞ 떨어진 오브르항가이 아이막호지르트의 요양병원에서, 그리고 10월에는 바그노르 지역에서 진료 활동을 했다. 순회진료는 짧은 기간이었지만 일상을 벗어나 현재 하고 있는 협력의료진으로서의 업무에 대한 성찰의 기회가 돼 주었다.

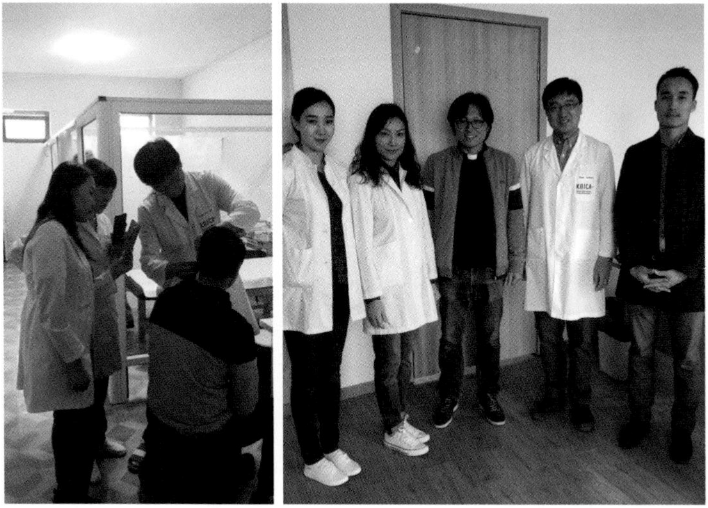

호지르트요양병원, 성소피아병원 순회진료

CHAPTER 5

캄보디아

내과
서정호

나의 존재가 큰 힘이 될 수 있다면

나는 2016년 6월 2일부터 캄보디아에서 KOICA 글로벌협력의사로 일했다. 한국에서의 바쁜 일상에서 벗어나 가족과 좀 더 많은 시간을 보내고 싶은 마음에 글로벌협력의사에 지원했었다. 당시에는 경쟁률이 높지 않았고, 이전에 국제협력의사로 근무했던 경험이 있었기에 잘할 수 있을 거라는 막연한 자신감이 있었다.

처음에는 큰 어려움 없이 캄보디아 생활에 적응할 수 있었다. 캄보디아에서는 한국 물건을 쉽게 구할 수 있고 현지의 한국인들과 교류도 가능했다. 한국에 대한 현지인들의 인식도 좋아서 우리 가족은 빠르게 그곳 생활에 적응해 나갔다.

문제는 내가 캄보디아에서 중요한 사람, 없어서는 안 될 사람이 되고자 하려는 욕심을 극복하는 것이었다. 시엠레아프(시엠립)에서 일할 당시만 해도 나는 협력의사의 역할을 할 수 있었고, 내가 꼭 필요한 부분도 있었다. 하지만 프놈펜으로 오고 나서는 상대적으로 나의 입지가 좁아지고, 내가 꼭 필요한 인력이 아닐 수도 있다는 생각이 들었다. 또 다른 나라에서 활동하시는 글로벌 협력의 선생님들과 내 활동을 비교해 보니 그분들만큼 눈에 띄는 활동을 하지 못한 것 같아 속상한 마음이 들기도 했다.

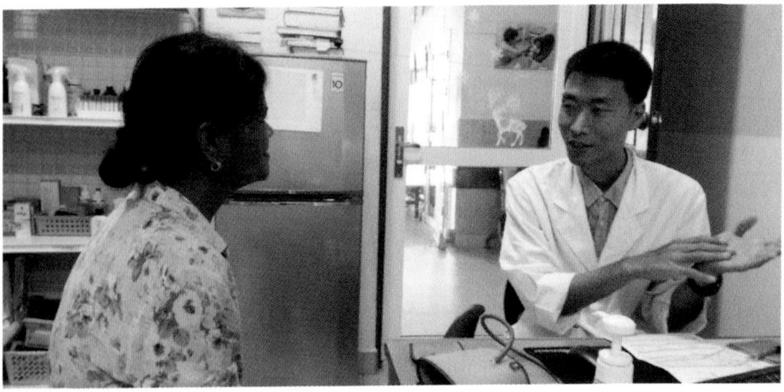

헤브론 병원 외래 진료

당시 내가 일하던 프놈펜의 크메르 소비에트 친선병원(국립병원)에서는 내가 직접 진료하는 것을 그다지 원하지 않았다. 우리나라로 치자면 서울대병원 같은 곳이라 자부심도 있고 실력 좋은 의료진이 많았다. 나 역시 잘하고 싶은 마음은 컸지만, 우선 진료를 원활하게 진행하기에는 캄보디아어 실력이 부족했다.

의사로 왔는데 진료를 보지 못하면서, 마음이 답답하고 나의 정체성에 대한 고민이 깊어졌다. 그러나 시간이 지나면서 나는 내가 할 수 있는 일을 찾게 됐다. 그것은 바로 관계성을 맺고 있던 병원들 사이에서 코디네이터(Coordinator: 병원 코디네이터는 병원에서 환자와의 상담, 접수 및 예약 관리 따위의 업무를 담당함)나 퍼실리테이터(Facilitator: 회의나 교육 따위의 진행이 원활하게 이루어지게 돕는 역할) 역할을 하는 것이었다. 내가 근무한 크메르 소비에트 친선병원과 일주일에 한 번씩 나가 암 환자를 진료하고 컨설테이션(consultation)을 도운 헤브론 병원(기독교 선교 병원) 그리고 프놈펜에 가기 전 2년간 근무한 적 있는 시엠레아프 주립병원(캄보디아 정부 병원)을 연결해 내가 할 수 있는 새로운 역할을 찾아냈다.

누군가 내게 성경의 마가복음 10장 45절의 말씀을 전해 주었다.

"인자가 온 것은 섬김을 받으려 함이 아니라 도리어 섬기려 하고 자기 목숨을 많은 사람의 대속물로 주려 함이니라."

그분은 내게 이 말씀을 전하며 '사람들을 섬기는 자가 되라'고 하셨다. 섬김 자체가 위대하다는 것. 이는 나에게 참 놀라운 방향 전환을 제시했다. 나는 지금껏 사람들의 칭찬을 받기 위해 좋은 사람이 되려 했다. 하지만 생각을 바꾸자 사람들이 알아주지 않아도 예수님처럼 섬기는 삶을 사는 것이 캄보디아에서 내가 해야 할 일임을 깨달았다.

파견 초기에 나는 외국인 의사로서 특별한 대우를 받지 못한다는 사실에 힘들어했다. 하지만 그 말씀을 계기로 환자와 소통하며 인술을 펼치는 것이야말로 글로벌협력의사의 위치에서 할 수 있는 의미 있는 활동이 된다는 것을 알게 됐다. 바쁘게 일하는 현지 의료진에게 지식이나 기술 전수를 하지는 못했지만, 예수님의 말씀대로 그들의 이야기를 들어 주고 좋은 친구가 되면서 섬기는 자가 된다면 비록 눈에 띄는 실적이 많이 없어도 그 자체로 좋은 것이 아닐까 하고 생각했다.

물론 이 문제는 아직도 완전히 해결되지 않았다. 다만 '나는 여기서 뭘 하고 있는가?' '나는 어떻게 글로벌협력의사로 일해야 하는가?' 등을 KOICA 글로벌협력의사 계약연장을 앞두고 스스로에게 물었고, 그 답은 의외로 간단했다. 캄보디아 글로벌협력의사를 계속하면 좋은 점은 정말 많았기 때문이다.

물질 자립, 자녀 교육, 한국 교민 진료 지원, 한국 교민 의료행정 지원(캄보디아 의료 허가 도움), 대사관 영사 업무 조력, 다양한 질병 경험, 캄보디아어·프랑스어 습득, 항암 치료 경험을 캄보디아 의료진과 공유, 헤브론 병원 및 산림청 보건실 봉사, 여러 국적을 가진 다양한 분들과의 교제, 근무가 한국에서처럼 많이 힘들지 않은 것, 출·퇴근하며 걷기를 많이 할 수 있음, 프로젝트 추진하며 의료 외적인 부분 경험(의료행정, 허가, 의료 설비 등), 대한민국 국위 선양 등이 바로 그것이다.

또 글로벌협력의사로서 제 역할을 잘 해내지 못하는 것 같아 혼자 절망하고 있을 때 한 한국 교민 환자께서 내게 해 주신 격려의 말씀을 잊을 수 없다.

“이곳에 계시는 것만으로도 교민들에게는 큰 힘이 됩니다.”

내가 비록 많은 일을 하지 못하더라도 캄보디아에 계신 KOICA 단원분들, 한국 교민분들, 또 캄보디아분들에게 나의 존재가 큰 힘이 될 수 있다면 이는 큰 보람이며, 그것이 바로 내가 캄보디아에 있어야 하는 이유가 된다는 결론에 도달했다.

글로벌협력의사로 파견됐을 때 가장 중요한 것은 자신을 겸손하게 낮추고 누군가와 함께해 줄 수 있는 마음을 가지는 것이라고 생각한다. 본인이 원하는 일이나 성과만을 좇는 것이 아니라 서로 협력하고 배우며 격려하는 마음 말이다. 때로는 길 안내가 필요한 방문객에게 직접 데려다 줄 수 있는 여유 있는 마음, 때로는 일손이 필요한 병원 직원을 도와서 환자를 옮기는 일과 검사가 끝날 때까지 기다릴 수 있는 인내심, 열린 마음으로 대화하고 토론하며 도움이 필요한 곳에 손을 내밀어 줄 수 있는 용기가 있는 사람이라면 꼭 KOICA 글로벌협력의사 제도에 함께하기를 권한다.

여전히 많은 부분에서 부족한 나를 믿고 캄보디아에서의 기회를 열어주고 도움을 준 KOICA 관계자분들께 감사의 인사를 전한다. 그리고 끝으로 부족한 나를 믿고 따라와 준 아내 윤진과 딸 인애 그리고 에스더에게도 참 고맙다는 말을 하고 싶다.

CHAPTER 6

우즈베키스탄

한방재활의학과
송영일

달로 간 코미디언[6]을 기억하며

"선생님은 우즈베키스탄과 몽골 중에서 선택하실 수 있으십니다. 어디로 가시겠습니까?"

전화기 너머 나의 선택을 기다리는 담당자의 질문 뒤 정적 속에서 짧게 호흡을 가다듬은 나는 기쁜 마음을 들키지 않으려고 일부러 중저음으로 또박또박 대답했다.

"저는 우.즈.벡.으로 하겠습니다."

6) 소설가 김연수의 작품 『달로 간 코미디언』을 베꼈다. 이 단편소설은 2007년 제7회 황순원문학상 대상 수상작이다.

마치 중국집에서 짜장과 짬뽕을 선택하는 순간처럼 충동적으로 우즈베키스탄행을 결정하지는 않았다. 나의 우즈베키스탄행은 6년 동안 심사숙고한 결과였으며, 그 6년이라는 시간 동안 나는 한의사라기보다는 코미디언의 삶을 살아가고 있었다.

나는 2007년 5월 11일 KOICA 소속의 13기 국제협력한의사로 우즈베키스탄에 첫발을 내디뎠다. 국제협력의사제도는 지금은 사라진 제도로, 당시에 병역을 대체해 해외에서 근무할 기회가 주어지는 KOICA의 유명한 파견 프로그램이었다. 군역을 수행해야 하는 한의사·의사·치과의사들 중 소수를 선발했는데, 전문의 위주에다 어느 해는 특정 분야만 선발하기도 해 경쟁률이 높았다. 군대를 두 번 가지 않는 한 재지원할 기회도 없기 때문에 '하느님이 파견을 결정하는 제도'라고 불릴 정도였다.

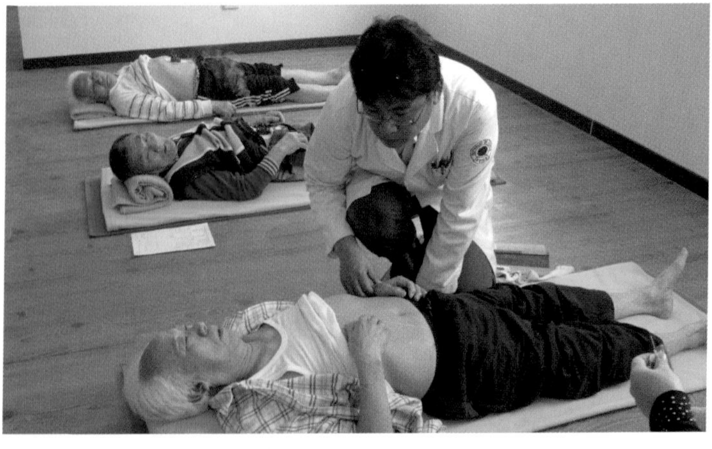

2009년 제13기 국제협력의사로 활동하던 시절,
우즈베키스탄의 고려인 독거노인 요양시설 아리랑 요양원에서 의료봉사를 하는 글쓴이

당시에 한의사가 선발돼 파견근무를 나갈 수 있는 곳은 에티오피아 단 한 곳이었다. 나는 면접을 보기 전 동네 도서관에서 아프리카와 에티오피아 관련 서적을 잔뜩 빌려 와 꼼꼼히 읽었다. 그때 나는 한국방송통신대학교 불어불문학과에 재학 중이었다. 내가 불어불문학을 공부한 이유는 따로 있었지만, 모든 일의 흥망성쇠는 전후 관계를 어떻게 설정하느냐에 있지 않은가? 첫눈에 반했는지 다음 눈에 반했는지 당사자들도 불확실하지만 어쨌든 '당신을 본 첫눈에 사랑에 빠졌다'라고 이야기하는 순간 두 연인 사이의 관계는 걷잡을 수 없는 방향으로 흘러가듯이 말이다.

"오래전부터 슈바이처 박사님처럼 아프리카에서 의료봉사활동을 하고 싶었습니다. 서부 아프리카는 프랑스어가 공용어인 경우가 많아 아프리카에서 일하기 위해 프랑스어도 미리 공부하고 있었습니다."

이어지는 프랑스어 자기소개 후 오가는 호의적인 이야기 속에서 합격의 분위기를 충분히 느낄 수 있었다. 그런데 느닷없는 질문 하나가 나에게 던져졌다.

"에티오피아는 선발하지 않을 예정이고 우즈베키스탄에서 한의사를 요청하고 있는데, 우즈베키스탄으로 가실 수 있겠어요?"

이럴 때는 빈말이라도 '멸사봉공'의 자세를 보여주는 게 합격률을 높인다는 이야기를 어디선가 들었다.

"보내만 주신다면 달나라라도 가서 일하겠습니다!"

그렇게 나의 달나라, 아니 우즈베키스탄행이 결정됐다. 그리고 3년의 근무 기간 중 발생하는 2주의 휴가기간에는 탄자니아에 갈 생각이었다. 논산훈련소에서 만났던 국제협력의사 동기와 친해지며 휴가기간에 한국이 아닌 탄자니아행을 약속했기 때문이다. 3년간 한국에 올 일이 없다는 생각이 들어 인천공항으로 배웅을 나오신 어머니께 비장한 분위기를 잔뜩 풍기며 '잘 다녀오겠다'는 인사를 했던 기억이 생생하다. 당시 어머니는 눈물을 글썽거리셨다. 자식을 이렇게 멀리 그리고 오랫동안 보내는 일이 처음이시기에 많이 슬프실 거란 생각이 들어 죄송한 마음에 어머니를 꼭 안아드렸다. 철들고 어머니를 꼭 안아드린 게 그때가 처음이었다.

"건강하시고, 3년 후에 돌아오겠습니다."

그러나 예상과 달리 3년 동안 한국에 무려 4번이나 와야 했다. 그사이에 결혼을 했고, 곧이어 아내가 첫 딸을 출산했다. 탄자니아에 가려던 휴가계는 첫 아이를 만나는 것으로 대신했다. 또 일본에서 열리는 국제동양의학회에 참석하기 위해 출장을 나와야 했고, 마지막으로 제4회 대한민국 해외봉사상을 받으러 한국에 와야 했다.

그렇게 내 예상과 전혀 다르게 흘러간 우즈베키스탄에서의 생활은 내 삶의 많은 것을 바꿔 놓았다. 2010년 4월 1일, 우즈베키스탄 타슈켄트에서 제1회 대한민국-우즈베키스탄 한의학 학술대회를 성공적으로 열었

2009년 제4회 대한민국해외봉사상 시상식에서

다. 그리고 나는 국제협력의사로서의 근무를 마치고 우즈베키스탄을 떠났다. 한국으로 돌아온 직후 우즈베키스탄에서의 가슴 벅찬 경험을 알리고 싶어 KOICA의 지원을 받아 '오아시스에서 잠을 깨다'라는 봉사단원 경험담도 출판하게 됐다. 내 이름으로 책이 나오다니! '이제 송작가로도 불리겠구나' 싶었다.

이미 눈치 빠른 독자는 아시겠지만 본 챕터 글의 제목은 김연수 작가의 유명한 소설 제목이다. 김연수 작가의 데뷔작 '가면을 가리키며 걷기'와 관련된 작가의 개인적인 이야기를 읽어 보면 이런 내용이 있다. 김연수 작가는 처음 쓴 이 소설로 제3회 작가세계 문학상을 받게 된다. 그는 이 상을 받으러 가면서 엄청난 고민에 휩싸이게 된다. 그냥 복권 당첨이라 생각하고 상금을 어디에 쓸지 고민하는 게 아니라 상을 받게 되면 꼼짝없이 계속 소설을 써야만 하는 운명을 선택해야 하는 것이었으며, 그

것이 두려웠다고 이야기한다. 그는 결국 소설이라는 세계에 깊숙이 발을 담그고 소설가로 살아가야 하는 운명을 받아들이게 된다. 이와 비슷하다고 말하기엔 조금 낯부끄럽지만 나에게 일어난 우즈베키스탄에서의 경험들과 수상, 책 발간 등의 사건들은 내게 깊이 각인돼 나를 다시 우즈베키스탄으로 돌아가게 추동했다.

KOICA의 파견제도를 통해 계속 해외에서 근무하는 삶을, 그 운명을 받아들이고 싶었다. 할 수만 있다면 해외의료봉사라는 세계에서 사람들이 기억해 줄 만한 독특한 발자취도 남기고 싶었다. 책을 더 쓰고, 언론에 나와 유명해지는 즐거운 상상도 해 보았다. 김연수 작가와 차이가 있다면 나는 상을 받을 때 고민이 전혀 없었으며, 받은 상에 상금이 없다며 투덜거렸다. 3년이라는 시간 동안 나는 나름대로 열심히 일했다고 생각했다. 그래서 상도 받을 만해서 받았다고 거드름을 피우기까지 했다.

다시 해외에 나가려고 준비하고 있던 2009년, 해외파견의사제도가 돌연 중단됐다. KOICA의 '정부파견의사'(이하 정파의)제도가 2009년을 기점으로 역사 속으로 사라져 해외에 파견을 나갈 수 있는 방법이 없어진 것이다. 인생의 목표는 찾았으되 수단과 방법이 사라져 목표를 이룰 수 없는 형국이 됐다. 다른 방법들을 찾아보았지만 이마저도 쉽지 않았다. 종교단체의 지원을 받아 파견되는 방법을 알게 됐지만, 종교가 없는 내가 해내기에는 무리인 듯했다. 모태신앙은 기본이고 피를 흘리는 순교자의 자세로 파견을 나가야 하는데, 논산훈련소에서 천주교 세례를 받았던 것처럼 급작스럽게 종교를 새로 받아들여 선교사로 파견 가기는 어려웠다. 믿지도 않는 종교를 억지로 믿어 가면서까지 해외 의료봉사활동을 하는 것이 오히려 신성모독이라는 생각도 들었다. 특정 종교로부터의 지원에서 방향을 돌려 해외에 한의사를 파견하는 프로그램이 있는 여러 정부 산하기관에 수차례 지원했지만 모두 실패했다.

당시 나는 한국으로 돌아와 남아 있던 박사 과정을 마치고 모교에서 강의하며 모교 한방병원에서 진료과장을 지내고 있었다. 전국 한의과대학에서 사용하는 교과서 편찬에도 참여하고, 학생들에게는 '재미있게 강의하는 교수'로 인정받기도 했다. 안정된 생활이었으나 만족스럽진 않았다. 모교에서 일을 시작할 때만 해도 잠시 머물 것이라고 예상을 했고, 해외에서 본격적으로 한의학을 알리는 일의 밑거름으로서 교수 경험을 쌓아볼 생각이었을 뿐이다.

하지만 해외파견을 나갈 수 없는 상황이 되고 보니, 계획했던 일들을 빨리 포기하고 맡은바 직분에 충실해야겠다는 생각이 들었다. 논리적으로는 수긍이 갔지만, 가슴으로부터의 포기가 쉽지 않았다. 그러면서 많은 갈등과 망설임이 나를 괴롭혔다. '나를 다시 보내주면 지난번처럼, 아니 지난번보다 더 잘할 수 있는데 왜 나에겐 기회가 안 오는 것일까?' '오지 않을 기회를 멍하니 기다리느니 빨리 포기하고 다른 일에 집중하는 것이 좋을까?' 등등 정답이 없는 질문들 속에서 헤맸다. 답답한 마음이 차오르면 하늘에다가 묻곤 했다.

"Quo Vadis, Domine?"(어디로 가시나이까, 주여?)

그런 와중에 무슨 계시라도 받은 사람처럼 단편영화를 몇 편 만들었다. 지금 생각해도 코미디 같은 일이다.

'한의사인 내가 영화를 만들 줄이야.'

그리고 그 영화 중 하나를 공모에 냈는데 상을 받고, 제11회 제천국제영화제에도 초청을 받았다. 그러다 문득 '영화를 제대로 공부하고 싶다'는 무모한 생각이 들어 한국예술종합학교 영상원 예술전문사 연출전공 과정에 지원했고, 덜컥 합격을 해 버렸다.

'아니! 이게 도대체 무슨 조화란 말인가? 이제는 영화를 만드는 영화감독의 운명을 받아들여야 하는가?'

이쯤 되자 그간 마음에 늘 품고 있던 해외파견 의사 일은 내가 운명을 착각했던 것으로 치부하게 됐다. 그리고 '이제는 작가이면서 감독이라고도 불리겠구나' 싶어 들떠 있었다. 그런데 주위 사람들에게 영화학교에 간다고 하니 다들 웃음부터 터트렸다. 말 한마디로 사람을 웃겨 버리는 재주가 생겨 버려 코미디언이라 불러도 손색이 없을 정도였다.

그즈음이었다. 2015년 말, 내가 한예종에 등록하고 학생증을 만들려고 준비하고 있을 때, KOICA는 글로벌협력의사라는 의사파견 프로그램을 만들고 모집을 시작했다. 그 소식이 참 반가우면서도 허탈했다. '이제야 나에게 기회가 오는구나' 싶었지만, 가만히 생각해 보니 이번엔 지원자가 엄청날 것 같았다. 그런 징후들은 인터넷상에서 심심찮게 포착되고 있었다. 특출난 배경과 다양한 능력을 갖춘 동료 선후배들이 이미 원서를 넣었다는 이야기들이 수시로 들려왔다. 기회가 다시 찾아왔지만, 합격은 장담할 수 없는 상황이었다.

지원했다 떨어지면 그 후의 정신적 충격도 엄청날 것이 분명했다. 그렇지만 나는 근거 없는 자신감으로 가득 차 있었다. 소위 '근자감'이라고도 부르는 그 감정은 생각해 보니 과거처럼 달에라도 가겠다고 했던 과도한 객기에서 나오는 것도 아니었고, 안 되면 영화감독의 운명을 선택하겠다는 무모함도 아니었다. 아내의 이야기처럼 '도.를 지나친 미.친생각'에 뿌리를 둔 것 또한 아니었다.

6년이라는 긴 시간 동안 해외파견을 기대하고 준비해 오면서, 그간 내가 했던 모든 일이 큰 실패 없이 잘 이루어져 왔다는 것을 지원서를 쓰면서 깨달았다. 이력서와 여러 증명서를 하나로 묶으며, '나름대로 열심히 지내온 생활에 조금은 자부심을 느껴도 되겠다'는 생각이 들었다. 그리고 해외파견 의사직을 마치 정해진 운명인 듯 생각한 과거의 강박에서 벗어나 이제는 나에게 다시 기회가 주어진다면 기쁘게 받아들이고 재미있게 일할 여유를 가질 수 있을 것 같았다. 이렇게 뒤늦게 생긴 자신감과 여유가 면접에서의 합격요인으로 작용했던 걸까. 2016년 3월 20일 나는 다시 우즈베키스탄으로 돌아왔다.

네가 누구든 얼마나 외롭든[7], 대책 없이 해피엔딩[8]을 꿈꿔도 괜찮아

KOICA의 글로벌 협력의료진이 돼 다시 돌아온 우즈베키스탄은 따뜻한 봄내음으로 가득했다. 공항에서 나오자마자 나는 그 공기를 몇 번이나 깊게 들이마시며 기뻐했다. 바싹 마른 우즈베키스탄 전통 빵(리포시카)의 냄새가 왜 그렇게나 그리웠을까. 우즈베키스탄에 도착했을 때 나는 250kg이나 되는 가족 수화물(그 사이 아이가 셋이 됐다)을 혼자서 낑낑거리며 챙기느라 체력은 이미 완전 고갈 상태였지만, 마음은 길거리에서 노숙이라도 하며 실컷 우즈베키스탄 냄새를 맡고 싶을 정도였다.

---

7) 김연수 작가의 장편소설 제목. 2007년작.
8) 김연수, 김중혁 작가의 에세이 제목. 2010년작.

나는 유경험자답게 경험을 살려 수월하게 근무를 시작할 수 있을 것이라 자신했다. 근무 상황도 과거와 별반 다르지 않을 거라고 예상했다. 그러나 내가 2007년 5월부터 2010년 4월까지 일했던 '한국-우즈베키스탄 친선한방병원'은 우즈베키스탄 정부로 운영권 이양이 결정돼 이전을 준비 중이었다. 게다가 나를 도와주리라 예상한 10명 남짓한 병원 직원이 모두 제 갈 길을 가고 난 후라 혼자서 일해야 하는 상황이 돼버렸다. 새로운 환경이라 부담감이 매우 컸다. 진료경험도 있고 우즈베키스탄을 잘 안다고 생각했지만 그다지 도움이 되지 않았다. 모든 것을 처음부터 혼자서 시작해야 했다.

배정받은 근무지는 '우즈베키스탄-대한민국 한의학 진료센터'(이하 한의진료센터)였다. 주 임무는 우즈베키스탄 환자 진료였다. 2016년 7월이 되자 6개월 정도 같이 있던 선임자마저 떠나버려 우즈베키스탄의 유일한 한국인 한의사로 남겨졌다. 지독한 외로움을 느꼈다고 고백해야겠지만 사실 그보다 힘든 것은 점심시간 후에 몰려오는 심한 졸음이었다. 이유는 나를 찾아오는 사람이 없었기 때문이다. 마치 변두리에 새로 생긴 이름 없는 한의원의 운명 같았다. 한의진료센터를 아는 사람이 없으니 오는 사람도 없었다. 점심을 먹고 앉아 있으면 어느새 코를 골며 잠들기 일쑤였다. 며칠을 그러다 문득 무언가 유경험자의 눈부신 성과를 보여주어야 한다는 의무감이 들었다. 먼저 내가 일하는 기관의 기관장을 만나기로 했다.

내가 일한 한의진료센터는 독립된 기관이 아니라 우즈베키스탄공

화국 제2병원(이하 제2병원) 산하의 기관이다. 즉 모든 행정 결정이나 지원은 제2병원장 소관이었다. 제2병원은 150병상 규모의 입원 시설과 다양한 외래 진료과를 운영하며 병원이 위치한 타슈켄트주 키브라이시 지역주민의 보건의료 향상을 담당했다.

처음 부임할 때 제2병원의 원장을 만나 보니 한의진료센터를 자발적으로 담당한 것이 아님을 알 수 있었다. 파견된 나를 귀찮아하는 태도가 역력했다. 게다가 한의학이 무엇인지도 모르는 상태라 나를 대하는 태도가 영 불손했다. 그런 사람을 붙잡고 나의 계획을 이야기하는 것이 마음에 들지 않았지만, 호랑이를 잡으려면 호랑이 굴에 가야 하는 게 세상 이치다 보니 어쩔 수 없었다. 나는 기관장인 할아버지 병원장에게 한 가지 제안을 했다.

"다음 주부터 일주일에 두 번 여기 제2병원에서 진료하겠습니다."
"그래? 그렇다면 내가 해줘야 하는 것은 무엇이지?"
"한의 진료실을 만들어 주시죠."
"그럴 만한 예산은 없네. 쓰지 않는 외과의사 방을 쓰게."
"흠~ 알겠습니다. 그럼 점심이라도 주세요."

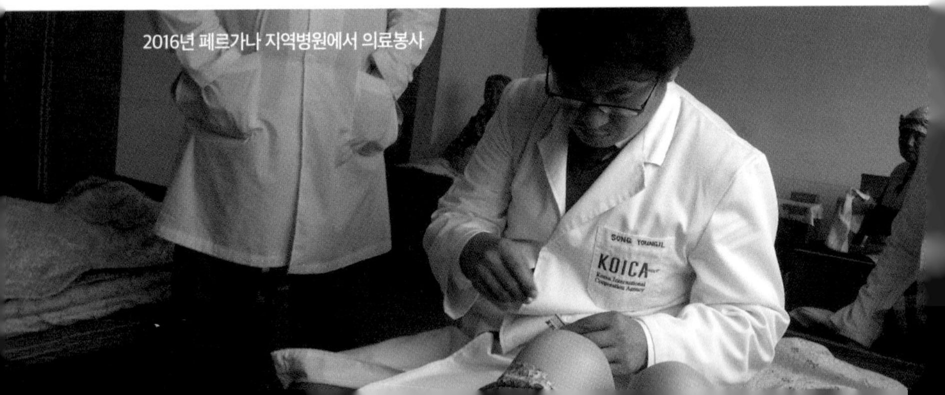

2016년 페르가나 지역병원에서 의료봉사

"그러지!"(병원장의 '그러지!'는 왠지 '그러거나 말거나'처럼 들렸다)

내 제안은 진료공간을 두 군데로 확장한 셈인데, 좀 더 많은 우즈베키스탄 국민에게 한의학을 알려야겠다는 생각에서였다. 성과는 괜찮은 편이었다. 한의학을 접해본 적 없는 타슈켄트주 키브라이시 지역주민들의 방문이 늘어나자 병원장은 약간 신기해하는 눈치였다. 환자들로 정신없던 어느 날 병원장은 원장실로 나를 불렀다. 그날은 환자도 많아 바빠 죽겠는데, 오라 가라 하니 짜증이 좀 난 상태였다.

"내가 허리가 아픈데 나 좀 치료해 줄 수 있겠나?"

드디어 기다리던 물고기가 낚싯바늘을 물었다. 짜증을 최대한 억누르고 '올 것이 왔다'라는 마음으로 나는 가능한 한 모든 치료방법을 동원했다. 그렇게 병원장은 처음으로 한의학을 접했고, 이후 한의학에 대해 점점 관심을 보였다. 그리고 2017년 한국한의학연구원, 2018년 한국보건산업진흥원의 지원으로 병원장은 한국을 방문했다. 짧은 시간이나마 발전된 한의학을 경험하고 돌아온 후로 그는 우즈베키스탄의 '한의학 수호자'가 됐다. 보건부에서 예산을 받아 제2병원에 두 번째 한의진료센터를 만드는 한편 보건부 관계자들에게 한의학을 소개하는 일도 해 주고 있다.

제2병원에 두 번째 한의진료센터가 만들어지고 방문환자가 많아지면서 나는 자연스레 다음 과제를 생각해 보았다. 글로벌 협력의료진이라는 이름으로 우즈베키스탄에 와서 환자를 많이 치료하는 것도 의미가 있는 일이겠지만, 내가 떠나면 모든 게 사라진다는 문제점이 있었다.

감히 나 같은 사람이 슈바이처 박사 이야기를 꺼내는 것이 불경스러운 면도 있지만, 슈바이처 박사 사후 가봉의 람바레네 병원이 어떻게 됐는지 떠올리며 내 역할에 대해 곱씹어 보았다. 나는 KOICA가 감독하는 연극에서 글로벌 협력의료진이라는 배역을 맡아 무대에 오른 것이나 다름없었다.

따라서 내가 주인공이면서 내가 퇴장하면 끝이 나는 일회성 특별공연이 아닌, 롱런하며 계속해서 사람들에게 장기적으로 사랑받는 인기 연극이 되길 바랐다. 계속해서 새로운 주인공이 무대에 오르며 항상 새로운 인기를 얻는 그런 연극 말이다. 우선 연극이 끝나지 않으려면 한의학이 우즈베키스탄 의학계에 확고한 자리매김을 하고, 한의학을 사랑하고 실제 임상에 응용하는 우즈베키스탄 의사들을 되도록 많이 양성해야 했다.

나는 3개월간 45시간의 수업을 하는 한의학 기본과정을 개설했다. 4명의 우즈베키스탄 의사들이 관심을 가지고 찾아왔다. 수강생들과 인사를 나누며 강의를 시작한 나는 작은 희망이라도 가져야 하는데, 크게 절망하기만 했다. 3개월에 4명씩 교육해서 어느 천년에 만족할 만한 성과가 나올지, 혼자서 8만 4100명(2018년 12월 통계)의 우즈베키스탄 의사들을 상대로 어떻게 한의학을 알려 나가야 할지 막막하기만 했다. 그렇게 소수 인원으로 몇 번의 강의를 진행하면서 도저히 이런 방식으로는 언 발에 오줌 누기밖에 되지 않겠다는 생각이 들었다.

그러던 중 때마침 나를 찾는 사람이 있었다. 그는 바로 타슈켄트 메디컬 아카데미의 총장이었다. 타슈켄트 메디컬 아카데미(타시미)는 우즈베키스탄 의학교육의 중심으로 1919년에 설립된 우즈베키스탄 최고(最古)·최대(最大) 의대였다. 총장이 의대 학생들에게 한의학 강의를 해 주기를 바란다는 소식을 들었을 때 '궁즉통(窮則通: 매우 궁한 처지에 이르면 도리어 해결해 나갈 방법이 생김)이 맞는 말이구나' 싶었다. 동시에 이 상황을 어떻게 해석해야 할지 몰라 아리송했다. 그 당시까지 한의학 교육은 우즈베키스탄에서 의대 정규 수입에서 비중이 거의 없다시피 한 과목이었다. 실제로 한의학을 강의할 수 있는 우즈베키스탄 교수도 없었다.

한 국가의 의학교육을 좌지우지할 위치에 있는 사람이 직접 나를 찾아서 "전문가인 당신이 강의를 해 주기를 바란다"는 얘기를 들으니, 삼고초려를 통해 몸값을 올리려 했던 원래의 계획은 눈 녹듯 사라지고 나는 단번에 강의 요청을 수락했다.

한의학 강의를 확대·발전시키는 이유가 내심 궁금해 총장과의 면담 자리에서 그 이유를 묻자 총장은 한국 출장 중에 방문했던 여러 한방병원 이야기를 꺼냈다. 그는 자신이 본 한의학은 '구시대의 낡은 주술과 같은 폐기물이 아니라 펄펄 살아서 요동치는 활화산 같은 것'이었다고 했다. 그리고 한의학의 경험을 바탕으로 우즈베키스탄 전통의학도 발전시켜 보고 싶은 욕심이 들었다고 한다. 맹목적으로 한의학을 흡수하는 것이 아니라 한의학을 창조적으로 변용해 우즈베키스탄의 전통의학을 계승·발전하는 일에 참여할 수 있게 돼 여간 반가운 일이 아니었다. 게다가 내가 바라던 글로벌 협력의료진의 이상적인 업무와도 잘 들어맞는 일이었다.

타시미 학생들을 대상으로 한의학 강의를 시작하자 타슈켄트 소아의과대학, 부하라 국립의과대학에서도 한의학 강의를 해 달라는 요청이 들어왔다. 더 많은 의대생에게 한의학 강의를 하는 것이 내 임무라고 생각하고 모든 강의를 진행하고 있다. 2017년 9월부터 강의를 진행했으니 내 한의학 강의에 출석한 학생이 지금까지 어림잡아 1500여 명은 된다. 이런 속도라면 5년 이내에 우즈베키스탄 의학계에서 한의학의 비중이 크게 상승할 것으로 기대하고 있다.

2019년 12월, 7차 한의학 강의를 수료한 수강생들과 함께

'환자 진료'와 '의료진에게 의학 지식 및 기술 전수'라는 두 마리 토끼를 잡고 보니 세 번째 토끼를 잡을 필요성을 느꼈다. 세 번째 토끼는 바로 러시아어·우즈베키스탄어로 된 한의학 교과서를 만드는 일이었다. 한의

학 교육을 진행하면서 교육받는 의사들이나 학생들에게 어떤 교재로 침구경혈학을 공부하는지 물어봤더니 조잡한 복사물들을 보여주는 경우가 많았다. 대부분의 경혈명은 중국어 발음으로 암기하고, 대략적인 위치만 어림짐작으로 이야기할 뿐이었다. 올바른 교육을 위해서는 공식적이고 표준화된 교재가 절실했다. 지식과 기술은 양질의 교과서에 담겨 있어야 그 전수 효과가 크게 배가된다고 생각했다. 구전으로만 전승하거나 소수 도제식 교육은 당장 필요한 일이 아니라고 판단했다.

궁리 끝에 세계보건기구 서태평양지역 사무처(이하 WHO WPRO)에서 나온 'WHO Standard Acupuncture Point Location in the Western Pacific Region'을 교재로 사용키로 했다. 어렵지 않은 영어로 돼 있어 우즈베키스탄 의사들도 충분히 사용하리라 생각했는데, 막상 영어를 해석할 수 있는 의사가 거의 없었다. 그런데 책에 나온 그림을 보고 놀라는 의사들이 많았다. 이렇게 자세하게 해부학적으로 설명해 놓은 책을 본 적이 없기 때문이었다. 영어로는 무용지물인 이 책을 유용하게 사용하려면 결국 러시아어와 우즈베키스탄어로 번역해 내야 한다는 결론을 내리고 바로 작업에 착수했다.

물어물어 WHO WPRO에 책을 번역하고 싶다는 의견을 보내자 '개인 자격이 아닌 센터의 대표로서 번역을 해도 좋다'는, 영어로 된 공식문건을 받았다. 그때부터 고생이 시작됐다. 처음 계획은 나와 같이 공부한 의사들을 중심으로 차근차근 번역하며 쉽게 작업을 마치는 것이었다. 하지만 예상은 빗나갔고, 제대로 된 번역팀을 꾸리는 데만 6개월이라는 시간이 필요했다. 영어를 러시아어로 번역하는 것이 우즈베키스탄 의사들에게 굉장히 어려운 일이기도 했고, 이 작업을 할 수 있는 몇몇 의사는 번역작업에 참여하는 조건으로 많은 돈을 요구하기도 했다.

많은 돈을 투자하면 당연히 질이 좋은 번역물이 나오겠지만 정말 적은 예산만으로 작업하다 보니 팀원들이 요구하는 번역료를 다 줄 수 있는 상황이 아니었다. 유능한 의사들을 설득하고 팀을 만드는 과정에서 잦은 팀원 교체가 있었고, 작업이 책 앞부분에서 한동안 정체돼 있었다. 도저히 답답한 마음을 견디지 못한 나는 팀원들의 번역을 기다리지 않고 번역을 직접 해 나갔다. 내가 번역에 속도를 내자 팀원들도 좀 더 속도를 내 주었다. 팀원들 간에 수차례 교정을 통해 러시아어로 정확한 번역 문장을 만들어 내는 데 주안점을 두었다.

어느 정도 번역이 마무리되자 이번에는 편집이 문제였다. 거의 컴맹에 가까운 내가 스스로 책을 편집하리라고는 감히 생각조차 하지 못했지만, 눈앞에 일이 닥치자 결국 인터넷을 이리저리 뒤져가며 편집방법을 찾아내어 작업을 시작했다. 책이 일차적으로 완성되고 러시아어 원어민 3명에게 교정을 맡겼다. 미처 찾아내지 못한 오탈자와 띄어쓰기, 어색한 문장 등을 다시 찾아내어 고치고 고치고 또 고쳤다.

2017년 10월, 드디어 책이 세상에 나왔다. 이 책의 가장 큰 특징은 한글과 한국어를 중심으로 경혈명을 표기한 것이었다. 즉 이 책으로 공부하면 중국어 발음인 '주산리(zusanli)'가 아니라 한국어 발음인 '족삼리'

로 경혈을 배울 수 있다. 대한민국 한의사의 주도 아래 진행된 번역작업이니 당연한 결과다. 이후에 발간되는 모든 서적 역시 한글과 한국어를 중심으로 제작하면서 나는 지금까지 총 4권의 책을 만들었다. 이를 통해 향후 우즈베키스탄에서 한국어 경혈 명칭이 통용되고, 한의학 교육에 한국어가 공용어로 사용되는 발판이 마련되기를 기대한다. 아울러 전 세계적으로 태권도 경기 용어가 한국어인 것처럼 우즈베키스탄에서의 한의학 교육에 한글·한국어가 공용어로 사용되길 기대해 본다.

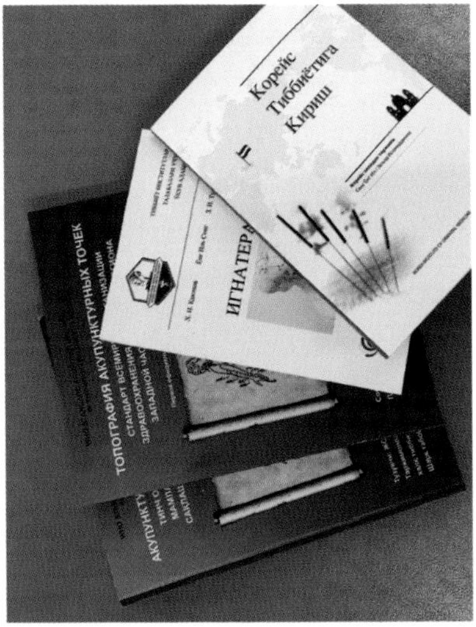

필자가 러시아어와 우즈베키스탄어로 발간한 한의학 서적들

WHO 표준경혈 러시아어 번역판 2017

ТОПОГРАФИЯ АКУПУНКТУРНЫХ ТОЧЕК – СТАНДАРТ ВСЕМИРНОЙ ОРГАНИЗАЦИИ ЗДРАВООХРАНЕНИЯ (ВОЗ) СТРАН РЕГИОНА ЗАПАДНОЙ ЧАСТИ ТИХОГО ОКЕАНА

WHO 표준경혈 우즈베키스탄어 번역판 2019

АКУПУНКТУР НУҚТАЛАР ТОПОГРАФИЯСИ ТИНЧ ОКЕАНИ ҒАРБИЙ ҚИСМ РЕГИОНИ МАМЛАКАТЛАРИГА ЖАҲОН СОҒЛИҚНИ САҚЛАШ ТАШКИЛОТИ (ЖССТ) СТАНДАРТИ

침구 치료학 2019

Игнатерапия

한국 한의학 소개 2019

Корейс тиббиётга кириш

교과서 제작과 더불어 필요한 일은 양 국가 간의 인적교류였다. 2010년에 1회 학술대회를 개최한 후로 국제협력한의사 후임 선생님들이 5회까지 유지했고, 2016년 6회 학술대회부터 다시 내가 준비를 맡았다. 올

2019년 여름,
8개월간의 긴 현장사업을 끝내고
재활치료실 개관을 축하하는 자리에서
우즈베키스탄 귀빈들에게 한국어를 바탕으로 한
한의학 서적을 소개하고 있다.

해는 10주년 학술대회를 준비하고 있다. 행사를 준비하면서 우즈베키스탄 측 학술대회 준비위원장, 사무국장, 고문, 이사장, 총무이사, 국제이사 역할을 해 준 이들에게 고마움을 느낀다.

특별히 나 자신에게 감사한다. 왜냐면 모든 역할을 맡아 준 사람이 바로 나이기 때문이다. 한국 측에서는 대한한방해외의료봉사단(KOMSTA)을 비롯한 훌륭한 한의사 선생님들이 바쁜 시간을 쪼개 우즈베키스탄을 방문해 주고 있다. 너무나 감사한 일이다. 하지만 우즈베키스탄 내에서는 혼자서 모든 준비를 해야 해서 학술대회 준비 기간에는 자주 불면증에 시달린다. 그래도 해를 거듭할수록 준비에 드는 시간이 점점 줄어들고 있다는 것에 위안을 느낀다. 학술대회 장소에서 서로의 명함을 주고받으며 인사하고, 질문과 대답을 이어가는 대한민국 한의사들과 우즈베키스탄 의사들을 보면 내 노력이 헛되지 않았다는 생각에 보람도 크다.

지지 않는다는 말[9]을 손으로 짚어 가며

우즈베키스탄에서 글로벌 협력의료진으로 근무한 지 만 4년이 넘었다. 이쯤 되면 내가 우즈베키스탄 의료계에 크나큰 영향을 미치고 국가 보건 의료개혁의 중역으로 일하고 있으면 좋겠으나 아직 나의 영향력은 미미하다. 4년이라는 시간 동안 우즈베키스탄 내 대한민국 한의학 협력사업에서 눈부신 성과를 보이고 싶었지만, 꺼져 가는 불씨를 간신히 살리고 있을 뿐이다. 그것이 부끄럽기도 하고, 때때로 무력감에 빠져들기도 한다. 하지만 언제나 나를 자극하며 내가 부지런히 출근하도록 만드는 원동력이 있기에 다시 일어난다. 바로 나를 기다리는 환자와 학생들이다.

9) 김연수 작가의 산문집 제목. 2012년작.

아울러 지난 4년 동안 글로벌 협력의료진으로 일하면서 고비마다 항상 뜻밖의 도움의 손길이 있어 해피엔딩을 맞을 수 있었다. 그것은 10여 년 전에 우즈베키스탄에서 국제협력한의사로 근무할 때도 경험했던 일이다. '나를 도와주는 특별한 기운이 따로 있나' 하는 생각을 갖게 하는 이 신기한 경험은 지금도 계속되고 있다. 이래서 내가 이 일을 좋아한다.

3년 전 여름 어느 날이었다. 아침 7시인데도 땀이 흐를 정도로 더워 찬 마룻바닥에서 멍하니 누워 있었다. 진료실에 에어컨도 없어서 그날따라 출근이 너무도 하기 싫었다. 출근은 곧 땀범벅과 녹초가 되는 것을 의미했다. 가만히 누워 게으름을 피우는 중에 전화벨이 울렸다. 모르는 번호였다. 평소 근무시간 이외에는 전화를 잘 받지 않았지만, 왠지 전화를 받아야만 할 것만 같았다. 받고 보니 한국 사람이 아니고 우즈베키스탄 사람이었다. 다짜고짜 러시아어로 말하는 통에 전화 내용을 잘 이해하지 못한 나는 진료를 받고 싶어 하는 사람이겠거니 생각했다. 9시부터 진료를 한다고 러시아어와 한국어를 섞어 건성으로 대답하고 주섬주섬 자리에서 일어났다. '별로 중요한 일도 아니네'라고 구시렁거리며 출근했지만, 그날 전화를 건 사람은 오지 않았다.

다음날 점심시간, 땀을 말리며 진료실에 멍하니 앉아 있는데, 문이 벌컥 열리며 고려인 남자 한 명이 진료실 안으로 성큼 들어왔다. 통역과 같이 앉아 이야기를 들어보니 바로 어제 전화한 그 사람이었다.

"어제 오신다더니 왜 오늘 오셨어요?"

나는 약속을 지키지 않았음에 대해 타박했다.

"쿵그랏에서 왔소. 누쿠스에서 100㎞ 더 가야 하오."

"누쿠스요?"

누쿠스는 타슈켄트로부터 1200㎞나 떨어진 카라칼팍스탄 자치공화국의 수도다.

"어제 선생님한테 전화하고 택시를 타고 와서 방금 도착한 거요. 나도 고려 사람이오. 여기에 한국인 한의사가 있다고 해서 치료받으러 왔소."

나에게 진료를 받으러 1300㎞를 택시 타고 1박 2일로 달려왔다는 이야기를 들으니 그 고려인 아저씨에게 몸 둘 바를 모르게 미안해졌다. 내가 노벨의학상을 받은 사람이라면 모를까 굳이 그렇게 먼 거리를 그 많은 돈과 시간을 들여서 오실 필요는 없다고도 말하고 싶었지만, 그것은 그분의 기대를 저버리는 일이고, 나에게 기대하는 게 있다면 최선을 다해서 기대를 만족시켜 드려야 한다고 생각했다.

"오신 수고로움이 헛되지 않도록 최선을 다해서 치료하겠습니다!"

성이 김 씨인 그분과는 지금도 1년에 서너 번 통화한다. 쿵그랏에서 1박 2일 여정에 오르기 전 나에게 "내일은 진료하느냐"고 묻는다. 나는 진료가 없어도 시간을 내서 봐 드리겠다고 대답한다. 김 씨 아저씨 말고도 수많은 고려인 할머니 할아버지들이 나를 찾아온다. 김 씨 아저씨보다 더 멀리 인접 국가에서 비행기로 오시는 분들도 있다. 그분들을 마주하고 있으면 괜스레 손을 맞잡고 싶어진다. 80여 년의 강제이주 역사를 가진 고려인 어르신들은 사실 친근한 동네 할아버지 할머니나 마찬가지다. 이북사투리 같은 고려 말을 쓰시면 대충 이야기도 다 알아듣는다. 러시아어가 더 편하실 텐데도 나를 배려해 고려말로 하자고 웃으며 이야기하신다. 진료를 마치고 병원문을 나서실 때는 한결같이 하시는 말씀이 있다.

"아슴차이요!"

처음엔 숨이 차고 가슴이 답답하다는 의미인 줄 알고 통역에게 병력을 캐물었다가 그 뜻을 알고 너털웃음을 지었다. '아슴차이요'는 '감사합니다'란 의미로, 고려인들이 사용하는 말로서 기원을 따라가면 조선 초기 육진[10]이 위치한 곳에서 사용되던 방언 중 하나라고 한다. 고려인들의 말이 낯선 것 같아도 알고 보면 다 예전에 우리 한반도에서 쓰던 말들이다. 일종의 사투리인 것이다. 고려인들이 한국에서 온 한의사인 나를 신뢰하고 멀리서 오는 불편함을 감수하며 나에게 치료받길 원하는 것은 쉽게 말로 설명할 수 없는 우리만의 감정이다. 먼 이국땅에서 만난 같은 민족, 서로가 쓰는 언어도 다르고 민족적 정체성이 달라도 그것을 하나로 묶어 내는 원류(源流)의 힘이 우리의 마음속에 계속 흐르는 것을 느낄 수 있다. 그리고 그 힘이 지금의 나를 지탱해 주고 있다.

또 한 명 생각나는 사람이 있다. 우즈베키스탄어로 '꽃'이라는 뜻의 이름을 가진 스무 살 여학생 환자 굴샨이다. 2016년 겨울에 왼쪽 안면에

1300㎞ 떨어진 곳에서 나를 찾아 1박 2일 동안 택시를 타고 오는 김 씨 아저씨와 함께

마비가 와서 나를 찾아온 그녀는 지금도 가끔 나를 찾아온다. 처음에 나를 찾아왔을 때는 지푸라기라도 잡으러 왔다는 표정이 역력했다. 외모에 지대한 관심을 기울이는 20대 여성이 안면마비를 앓게 됐으니 얼마나 불안했겠는가. 부지런히 치료를 받은 그녀는 다행히 지금은 99% 좋아졌고, 웃을 때 왼쪽 눈이 오른쪽에 비해 약간 더 작아지는 증상만 남아 있다. 이제는 자세히 보지 않으면 그런 문제가 있는지조차 모를 정도다.

---

10) 조선 세종 때 동북방면의 여진족에 대비해 두만강 하류 남안에 설치한 국방상의 요충지. 즉 종성(鐘城)·온성(穩城)·회령(會寧)·경원(慶源)·경흥(慶興)·부령(富寧)의 여섯 진을 말한다. -출처 한국민족문화대백과사전

진료 상담 시 나는 항상 그녀의 눈부신 외모를 칭찬한다. 그녀의 불안감을 해소해 주려는 목적이다. 그러나 그녀는 한사코 자신의 얼굴이 이상하다며 여전히 불안해한다. 오랫동안 그녀를 진료하며 우리는 치료에 관련된 이야기 외에도 세상 사는 이야기와 직장 이야기 등을 나누게 됐고, 그녀가 나를 전폭적으로 믿고 의지하고 있다는 사실을 알게 됐다. 지금 그녀는 3개월에 한 번씩 나를 찾아온다. 그리고 매번 "3개월 후에도 우즈베키스탄에 있을 거냐"고 물어본다. 그렇다고 대답하면 그녀는 크게 웃는다. 내가 있으면 불안하지 않다는 것이다. 전적으로 나를 믿고 의지하려는 그녀의 마음이 조금은 부담스럽게 느껴지기도 한다.

비단 굴샨뿐만 아니라 매일매일 찾아오는 우즈베키스탄 환자분들 중 상당수는 나의 존재를 신에게 감사드린다고 한다.

"송 선생님 절대 아프지 마세요. 당신은 우리를 보살펴 줘야 하니까요. 당신이 우즈베키스탄에 있어 알라신에게 항상 감사합니다."

우즈베키스탄 사람이 나에게 이런 이야기를 하며 두 손을 모았다가 얼굴을 감싸 내리는 이슬람식 기도를 할 때면 나도 동작을 따라 하며 외워 두었던 기도사를 한다.

"비스밀라 이르라히마니 라힘!(Bismillahi r-rahmani r-rahim): 가장 은혜로우시며 가장 자비로우신 알라의 이름으로!"

내가 천연덕스럽게 기도사로 화답하면 백이면 백 우즈베키스탄 환자들의 얼굴엔 놀라움과 미소가 가득해진다. 간혹 저 환한 미소가 내가 그들에게 해 줄 수 있는 그 어떤 치료보다도 값진 것이 아닐까 생각해 본다. 그리고 나에게 기대는 환자들의 약하고 불안한 마음을 부담스러워하거나 피하지 말아야겠다는 다짐을 하게 된다. 짧은 식견과 경험을 통해 그런 마음에 보답하는 것은 그저 부지런히 출근해서 하루하루 최선을 다해 진료하는 것뿐이라는 것을 알아가고 있다. 그리고 감사한 마음으로 그들에게 미소와 기쁨을 보답해 주기 위해 나는 오늘도 두 손을 모으고 기도문을 외운다.

"비스밀라!(신의 이름으로!)"

학생들도 나에게 힘을 준다. 호기심 가득한 우즈베키스탄 의대 학생과 의사들을 위한 강의는 신경을 많이 써야 하지만 그만큼 즐거운 일임에 틀림이 없다. 수많은 우즈베키스탄 의과대학 학생들과 현지 의사들에게 한의학을 교육하면서 훌륭한 재목을 만났을 때 가장 즐거움을 많이 느낀다. 똑똑한 친구들이 여럿 있지만 그중 한 사람을 꼭 소개하고 싶다.

우즈베키스탄의 페르가나란 도시에는 우즈베키스탄-대한민국 한의진료센터 페르가나 분원이 있다. 이 진료센터를 연 주인공은 울마소프 지크릴로 아비도비치로, 올해 서른세 살이 된 젊은 우즈베키스탄 신경과 의사다. 그는 현재 페르가나에서 침 치료로 가장 유명한 의사이며, 또한 한의학을 공부하고자 하는 열정으로 가득 찬 사람이다.

2016년 여름, 그는 불쑥 나를 찾아와 한의학을 배우고 싶다고 말했다. 느닷없는 방문에 놀랐지만, 자신감에 차서 오만하기까지 한 그의 눈빛이 흥미로웠다. 이렇게 해서 나한테 한의학을 배우고 싶다고 찾아온 울마소프 의사와의 인연이 시작됐다. 수도 타슈켄트에서 그가 일하는 병원까지는 차로 5시간 정도를 가야 했다. 울마소프가 침 치료를 한다고 하길래 나는 새벽에 일어나 찾아가 보았다. 울마소프가 일하는 페르가나 지역 종합병원은 350병상 규모의 큰 병원이었다. 그 병원 4층 한구석에 작은 침대 3개를 가져다 놓고 울마소프는 침 치료를 하고 있었다. 제법 많은 환자가 대기 중이었고, 그는 열심히 진료했다. 얼핏 작은 한의원처럼 보였다. 진지하게 환자를 진료하는 울마소프의 태도에서 믿음직함이 묻어났다. 건방 부리지 않고, 모르는 것이 있으면 묻고, 배운 대로 시도해 보는 그의 모습에서 성실함도 엿보였다.

울마소프는 타슈켄트에 3개월간 머물며 내 강의를 들었다. 강의를 듣는 우즈베키스탄의 의사들 중에서 가장 열심이었다. 실습시간에는 언제나 표본이 돼 본인이 직접 치료를 받아보았다. 이런 열정으로 그는 지난 2017년 KOICA-KIOM 한의학 연수에도 참여했다. 이것은 큰 사건이었다. 페르가나 지역의 의사가 해외연수를 가는 것은 매우 드문 일 중 하나인데, 연수에 참여하게 된 과정이 아주 극적이었다. 우즈베키스탄에서 해외연수는 극소수에게만 허용되는 것이다. 한국으로 치면 특정 대학의 출신들만 갈 수 있는 것이다. 그런 보이지 않는 벽을 지방 출신의 젊은 의사가 뚫기 위해서 얼마나 많은 사람을 만나 설득하고 설명해야 했을지 눈에 선했다. 그런 그의 꿈과 노력은 결국 열매를 맺어 그가 그토록 꿈에 그리던 한국에 가게 됐다. 3주라는 시간은 한의학을 배우기에는 한계가 있지만, 다른 한편으로 3주는 한 사람에게 큰 꿈을 주기에는 충분한 시간인 듯했다.

그는 한의학계의 최전선에서 무슨 일이 벌어지는지 직접 눈으로 보았다. 또 한의학 학계에서 내로라하는 사람들을 만나 깊이 감동했다. 그리고 그는 우즈베키스탄에 돌아와 페르가나 종합병원장을 설득해 한국-우즈베키스탄 한의진료센터 페르가나 분원을 열게 됐다. 2019년에도 한국보건산업진흥원에서 주관한 한의학 연수를 받은 울마소프는 나의 든든한 제자이자 이제는 우즈베키스탄 한의학의 미래가 됐다.

우즈베키스탄 제자들뿐만 아니라 한국에서도 한의과대학 학생들이 실습 과정을 위해서 한의진료센터를 찾아왔다. 찾아온 학생들은 글로벌 협력의료진으로 일하는 한의사의 주요 업무 내용을 궁금해했고, 본인들도 나중에 이런 일을 하고 싶다는 희망을 이야기했다. 지금 내가 하는 일이 한국의 학생들이 배우고 싶고, 해 보고 싶어 하는 일이라는 사실을 알게 되는 순간 정신이 번쩍 들곤 한다. 그렇게 나는 나를 지켜보는 사람들 속에서 힘을 얻고 있다.

우즈베키스탄과 다시 인연을 맺고 길고도 짧은 4년이라는 시간을 보냈다. 앞으로 대한민국 정부로부터의 포상, 언론의 집중조명, 우즈베키스탄 정부로부터의 훈장, 세상 사람들이 다 아는 유명인사가 되는 일이 생기지 말란 법은 없겠지만, '그런 일 따위는 결코 없을 것이다'라고 미리 확고하게 예단해 버린다. 그런 것들을 바라고 우즈베키스탄에 오지 않았다. 그런 대가가 없어도 내가 무시당했다고는 생각하지 않는다. 우즈베키스탄 환자분들과 학생들로부터 받은 '힘'으로 어느덧 자기만족과 정신승리의 능력치가 많이 상승해 있는 것 같다.

하지만 여전히 매주 월요병에 시달리곤 한다. 그럴 때면 김연수 작가의 문장을 생각한다. 혹여나 독자 중에 KOICA 글로벌 협력의료진을 꿈꾸는 사람이 있다면 손가락으로 한 자 한 자 짚어 가면서 읽어 보라 권하고 싶다.

"내 삶에서 가장 큰 영향을 끼친 건 지지 않는다는 말이 반드시 이긴다는 걸 뜻하는 것만은 아니라는 깨달음이었다. 지지 않는다는 건 결승점까지 가면 내게 환호를 보낼 수많은 사람들이 있다는 걸 안다는 뜻이다. 아무도 이기지 않았건만, 나는 누구에게도 지지 않았다. 그 깨달음이 내 인생을 바꿨다." - 김연수 산문집 『지지 않는다는 말』 중에서

우즈베키스탄에서의 삶이 앞으로 어떻게 전개될지, 언제 끝날지 모르지만, 오늘도 나는 지지 않으려고 안간힘을 쓰며 버티고 있다. 때로는 이 길의 끝에 결승점이라는 게 있기나 한 건지 의문이 들기도 한다. 물음표만 잔뜩 짊어지고 무작정 달려가고 있지만 어쨌거나 분명한 것은 때가 되면 나도 나 자신만의 결승점을 지날 것이란 사실과 나에게도 환호를 보낼 사람들이 있을 것이라는 믿음뿐이다. 그것만을 믿는다.

"비스밀라!"

2017년 우즈베키스탄 의사 울마소프가 페르가나에 한의진료센터 분원을 만든 것을 축하하며

CHAPTER 7

라오스

소아청소년과
오종석

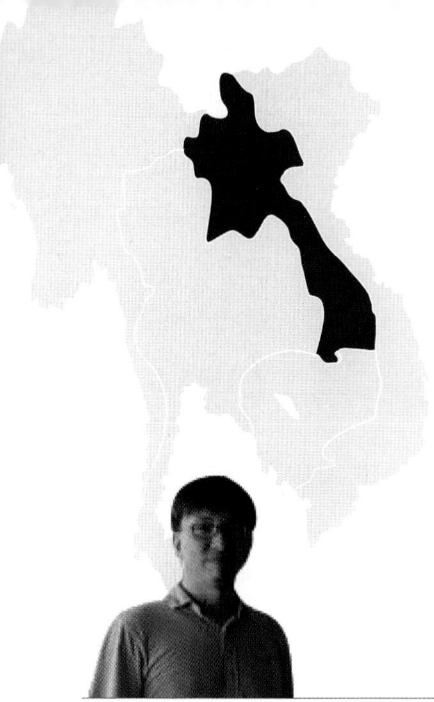

안전한 라오스

글로벌협력의사로 2주간의 국내 교육을 수료한 후 한국의 찌는 듯한 무더위를 뒤로하고 도착한 8월, 라오스는 한국보다 시원했다. 라오스는 국내에서 몇몇 방송을 탄 덕에 젊은이들이 배낭여행을 오기 좋은 곳으로 많이 알려져 있다. 인도차이나반도의 유일한 내륙 국가이며 프랑스의 지배에 있다가 1949년에 독립했으나 내전으로 인해 혼란스러웠던 시기를 거쳐 1975년에 현재의 라오스인민민주주의공화국이 됐다. 인구는 약 700만 명에 1인당 GDP가 2019년 현재 3000달러에도 못 미치는 최빈국에 속한다. 하지만 이런 역사와 수치로는 표현하지 못하는 마음속의 울림이 존재하는 곳이 라오스다. 그런 매력 때문인지 라오스로 향하는 세계 곳곳의 발걸음은 끊임이 없다.

나는 라오스 국립아동병원에서 KOICA 글로벌협력의사로 근무했다. KOICA에서 직접 건설한 국립아동병원은 2011년 11월 11일 11시 11분에 개원한 이래 KOICA 소속의 협력의사가 지속적으로 파견돼 활동했다. 또 봉사단원들도 간호 분야와 보건 분야에서 꾸준히 인상적인 활동을 해 주었다. 그래서인지 한국인에 대한 병원 내의 기대감은 높은 편이다.

나는 공중보건의로 대체복무할 당시 질병관리본부에서 근무하며 보건에 관한 사업을 담당했다. 그때의 경험으로 인해 의료에 대한 새로운 시각을 가지게 됐고, 라오스에서 근무하면서 사람들에게 좀 더 넓은 시각으로 다가가려면 어떻게 해야 할지에 대해 다양한 고민을 했다. 또 의료가 미치지 않는 곳에 사는 현지인들에게 다가가기 위한 고민이 이어졌다.

원외활동 캠페인

반년이 지날 무렵 원장단을 만났을 때 몇 가지 제안을 하고 의견을 나눴다. 내가 하고 싶은 일과 그들이 원하는 일 등 여러 가지 이유로 마음에 담아 두었던 '희망' 사업목록들을 하나씩 꺼내 현실에 입각한 사업 가능성을 살펴보았다. '이건 이래서 안 되겠구나' '저건 저래서 안 되겠구나' 등 내가 중요하게 생각했던 '지속 가능성'이라는 전제를 바탕으로 분석했다.

KOICA 봉사단 파견 사업이 다른 사업과 가장 다른 특징이 있다면, 현지인들과 같은 직장에서 1~2년 동안 근무하며 단발성 봉사활동이 가지지 못하는 깊이를 가진다는 것이었다. 그런 만큼 병원이 필요로 하는 '무언가'를 찾는다면, 현지 의료진의 적극적인 참여가 뒤따를 것이라 믿었다.

그러던 중 라오스가 주변 국가들에 비해 소아 안전에 대한 지원이 높지 않다는 것을 알게 됐다. 인접국인 태국에서 발간된 인쇄물에는 사고 예방을 위한 주의사항이 자세히 설명돼 있고, 매년 아동사고에 대한 누적 통계자료도 기록돼 있었다. 반면 라오스는 소아 안전에 대한 국가적 지원이 전혀 없었다. 통계자료를 살펴보니 태국은 벌써 10여 년 전부터 소아 안전사고 예방을 위한 활동을 해 오고 있었다.

이 같은 관련 자료를 가지고 원장단과 회의를 했다. 아동병원 의료진이 소아과 출신이라 그런지 아동의 안전에 대해 깊은 관심을 표했다. 라오스에 아동과 관련된 사고가 많은 사실도 인지하고 있었고, 그에 비해 예방을 위한 활동이 미비하다는 것도 인정했다. 나는 현장사업으로서 아동 안전에 대한 보호자들의 인식을 개선하는 것은 충분히 가치가 있는 일이고, 라오스에서 최초로 하는 사업으로의 의미도 가질 것이라고 했다. 그들은 태국이 할 수 있으면 라오스도 할 수 있다고 했다.

먼저 KOICA 현장사업 심의위원회에 제출할 사업계획서를 만드는 일부터 시작했다. 소규모 프로젝트로서 정해진 짧은 기간 동안 활동하고, 파일럿 스터디 결과를 바탕으로 정부기구 혹은 더 많은 단체가 함께할 기회를 만드는 것을 최종 목표로 삼았다. 목표가 추상적이더라도 사업을 하기 위한 계획서라면 결과는 객관적이어야 했기에 A를 투입해 Z라는 결과가 나오기까지의 예상 가능한 중간과정을 시나리오로 만들어서 각각의 대처방안을 제시했다. '나 스스로 설득될 수 있어야 남을 설득할 수 있다' '보호자들에게 쉽게 다가가야 한다'는 점들을 중점적으로 준비했다. 계획서를 준비하는 과정은 익숙하지 않았지만 준비를 하면서 현장사업이 가지는 의미도 조금 더 깊게 이해할 수 있었다.

아동을 위한 홍보를 위해서는 글보다는 그림이 이해하기 쉽다고 판단했다. 스마트폰으로 볼 만한 동영상이 있다면 더욱 사람들의 관심을 집중시킬 수 있을 것 같았다. 이런 전제하에 회의한 결과, 사업을 알리기 위한 홍보 매체를 다양화할 필요가 있었다. 사람들에게 나눠 줄 브로슈어와 벽에 붙여 놓을 수 있는 포스터 외에 라디오와 TV를 통한 방송 송출도 계획했다. 또 많은 라오스 사람이 정보를 확보하는 수단인 소셜네트워크 페이지도 포함하기로 했다.

현장사업을 진행하면서 많은 사람의 도움을 받았다. 비정부기구에서 근무하는 담당자를 만나 프로젝트를 설명하고 아이디어를 얻기도 했고, 환자 안전을 담당하는 병원 내 의료진과 협업을 하기도 했다. 그 결과 본부에서 수정·보완을 거쳐 프로젝트를 승인해 주었다.

현장사업은 아직 진행 중이다. 매일 아침 환자 대기실에서 기다리는 수십 명의 보호자 앞에 서서 안전사고 예방의 중요성을 알렸다. 대부분 기다리는 동안 스마트폰을 만지작거리며 시간을 보내지만 앞에서 누군가 마이크를 잡고 이야기를 하니 관심을 보였다. 그 틈을 노려 브로슈어를 건넸다. 그림이 많으니 아이들도 재미있게 보고 이야깃거리로 삼았다. 또 대기실에 설치된 TV를 통해 제작한 동영상도 보여주었다.

처음 시작부터 거창할 필요는 없었다. 앞으로 한 걸음 한 걸음 나아가는 것이 중요하다고 생각했다. 꼼꼼히 준비한 계획서에서도 예상하지 못한 변수들이 생기는 것은 당연한 일이었고, 그때마다 힘이 돼 준 것은 처음부터 같이 회의하고 논의한 기관 내 사람들이었다. 병원 내 직원들과 함께 아동 안전 프로젝트팀을 꾸렸다. 구성원들은 나서서 아침 대기환자 보호자를 대상으로 홍보에 힘을 보탰고, 병원 월례회의에서 그동안 활동한 모습을 알려 또 다른 직원들이 관심을 끌기도 했다.

나는 혼자 하는 일이 아니어서 참 다행이라는 생각을 자주 했다. 처음 라오스에 왔을 때 당시의 아동병원을 보고 모든 것을 바꿔야겠다고 생각했던 것은 어리석은 생각이었다는 것을 깨달았다. 중요한 것은 그들과 같은 속도로 걸으면서 그들이 받아들일 수 있는 눈높이의 이야기를 나누는 것이었다. 글로벌협력의사로 라오스에 살면서 배운 행복의 온도는 더도 아닌 덜도 아닌 36.5도였다.

CHAPTER 8

피지

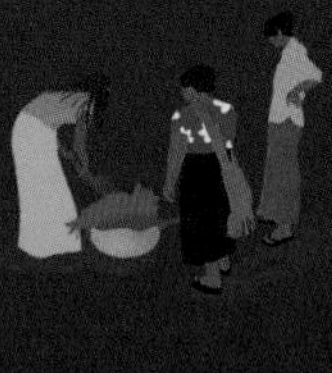

이비인후과
오충현

글로벌협력의사로 남태평양 피지에서 살아가기

글로벌협력의사는 의료진을 교육하거나 환자를 치료하기 위해서 세계 곳곳에서 활동하고 있는 대한민국 의사들이다. 아플 때 쉽게 의사를 만나고 제대로 치료받을 수 있는 사람은 전 세계 70억 인구 중에 50%도 되지 않는다. 그중에서도 전문의를 만날 수 있는 사람은 그 숫자가 더욱 줄어든다.

사람들이 제대로 치료를 받지 못하는 이유는 다양하다. 아프지만 치료를 받아야 하는지도 모르는 경우가 있고, 주변에 병원이 없기 때문이기도 하다. 또 돈이 없어서 병원에 갈 수 없는 사람도 있지만, 현지의 열악한 병원 환경이 병을 더 악화시킬지 모른다는 걱정에 치료를 안 받는 사람도 있다. 아프지만 제대로 치료를 받을 수 없는 이유를 꼽으면

100가지도 넘겠지만, 사실 그 이유를 연결하고 있는 핵심 고리는 바로 '부족한 의료인력'이다.

더 정확히 말하면, 치료를 할 수 있는 의료인력의 절대적인 수와 역량 부족이라 할 수 있다. 대한민국 의사들 중에는 1960년대부터 아프리카·아시아·남아메리카 등지의 열악한 의료환경에서 '정부파견의사'라는 이름으로 짧게는 1년, 길게는 30년 넘게 봉사하신 분들이 있다. 그리고 그 이름은 '정부파견의사'에서 '국제협력의사'를 거쳐 '글로벌협력의사'라는 이름으로 지금까지 이어져 오고 있다. 지금은 20명 정도의 글로벌협력의사가 '모든 사람이 건강한 지구촌'을 위해서 가나, 탄자니아, 네팔, 볼리비아, 라오스 등 세계 각지에서 근무하고 있다. 그리고 나는 남태평양의 아름다운 섬나라 피지에서 글로벌협력의사로 일하고 있다.

피지는 많은 이들이 상상하는 것처럼 멋지고 아름다운 나라다. 구글에서 이미지를 검색하면 나오는 연푸른색의 멋진 남태평양과 하얀 모래밭이 곳곳에 펼쳐진다. 하지만 그 모습이 전부는 아니다. 333개 섬으로 이루어진 이 나라에는 90만 명이 넘는 사람이 살고 있고, 그 90만 명이 넘는 사람 중에는 당연히 아픈 사람들도 있다. 특히 당뇨나 고혈압과 같은 만성 질병을 앓고 있는 사람들이 많고, 합병증으로 인해 12시간에 1명꼴로 무릎 밑 다리 절단 수술을 받는다.

물론 피지에도 내과의사가 있어서 의사는 당뇨약을 처방하고, 환자는 인슐린 주사를 맞거나 투석치료를 받는다. 이곳에도 귀가 아프거나 잘 안 들리는 사람, 목에 가시가 걸리는 사람과 동전을 삼키는 아이가 있기 마련이다. 또 두경부 종양으로 고통받는 사람들이 있을 수밖에 없다. 하지만 안타깝게도 피지인 이비인후과 전문의는 한 명도 없다. 피지뿐만 아니라 남태평양에 있는 사모아, 솔로몬제도, 바누아투, 키리바시, 투발루를 통틀어 이비인후과 전문의는 글로벌협력의사 한 명뿐이다. 그래서 피지 글로벌협력의사의 미션은 최초의 피지인 이비인후과 의사를 양성하고 이비인후과 환자를 돌보는 것이다.

그렇다고 피지 의료시스템이 낙후된 것만은 아니다. 피지는 영국 의료제도를 따라서 공공의료 시스템은 세금으로 운영되고, 환자는 무상으로 진료·수술·투약을 받는다. 보건재정이 취약해서 약을 외부에서 사와야만 수술이 가능할 정도의 열악한 환경도 아니다. 피지 의과대학은 130년이 넘는 전통을 가지고 있고, 1년에 80명 정도 의사를 배출하고 있다. 피지에서 가장 큰 CWM병원은 3차 최종전원병원으로 500병상 규모에 외과·내과·소아과·산부인과·마취과·병리과·방사선과·응급의학과를 운영하고 있다. 그중 일부는 전문의 수련 시스템까지 갖추고 있다. 양질이라고는 할 수 없지만, 심장 수술과 방사선치료 등 일부 치료를 제외하면 대부분의 3차 병원 의료서비스를 제공한다. 최근에 외과에서 세부 분과들이 분리되기 시작했지만, 여전히 외과의사가 신경외과·흉부외과·성형외과·비뇨기과·정형외과를 함께 진료하고 있다.

이런 피지에서 글로벌협력의사는 유일한 이비인후과 전문의다. 피지에서는 이비인후과 진료를 받는 것은 쉬운 일이 아니다. 진료를 받기

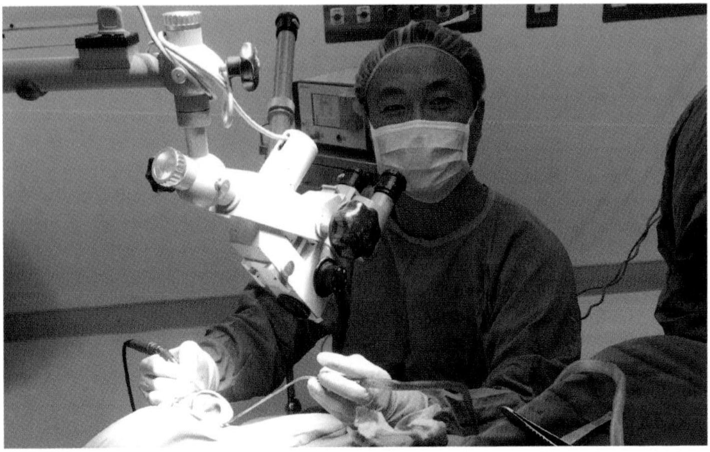

위해서는 보건소 또는 1차 병원에서 전원소견서를 받아야만 한다. 전원소견서를 받더라도 이비인후과 진료를 받기 위해서 응급환자가 아닌 이상 적어도 한두 달은 기다려야 하고, 편도선 수술처럼 응급하지 않은 수술은 6개월가량을 기다려야 한다. 그래서 환자들을 진료할 때마다, 내가 이들을 만나는 것은 10분이지만 이들은 나를 보기 위해 한 달 이상 걸려 산 넘고 바다 건너 힘들게 온 것을 잊지 않으려 애쓴다. 다만 천천히 이야기를 듣고 친절하게 설명하려 하지만 복도 끝까지 줄을 서 있는 환자들을 보면 마음이 급해지는 것은 어쩔 수 없다.

피지에서는 이비인후과 진료를 받는 것 자체가 쉽지 않으니 가벼운 증상으로는 환자들이 병원을 찾지 않는다. 암 환자의 경우는 대부분 전이가 다 된 이후에 찾아오고, 귀 감염은 뇌농양이나 안면신경 마비 등이 와서야 병원을 찾는다. 이비인후과 의사를 만나기 위해서는 한 달 넘게

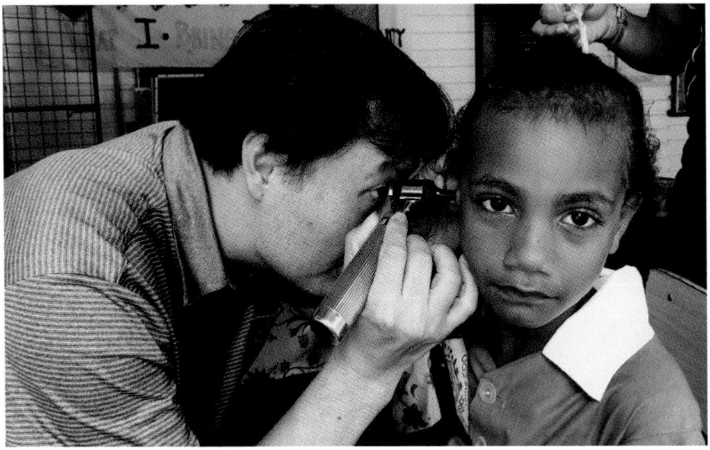

기다리고 먼 거리를 찾아와야 한다면 아마 누구라도 그럴 것이다. 그래서 한국에서는 한 번도 보지 못한 심각한 상태가 돼서야 병원을 찾아오는 경우가 많다. 이 때문에 책을 찾아보고 논문을 뒤져도 어찌해야 할지 모를 때는 메신저를 이용해 한국의 교수님들께 도움을 청하곤 한다.

나는 이곳에서 말도 서툴고 모습도 다른 외국인 의사이지만 고마운 피지 환자들 덕분에 하루하루를 감사하며 지낼 수 있다. 본인이 아파하면 내가 미안할까 봐 처치 중 아파도 소리를 내지 않고 꾹 참는 이들이 많다. 이런저런 치료를 해도 좋아지지 않아서 몇 달째 계속 치료 중인 외이도염 환자는 병원에 계속 불러주어서 고맙다고, 언젠가는 좋아지지 않겠냐며 본인 걱정은 말라며 웃는다. 후두암이 전이돼 수술도 어렵고 피지에서는 항암치료나 방사선치료가 불가능해 어떻게 이야기해야 할지 몰라 망설이고 있으면, 살 수 있을 때까지 잘 살겠다며 오히려 나를 위로

하고 가는 분도 있다.

이렇게 피지에서 열심히 환자를 돌본다고 해서 종교적 신념이나 고귀한 사명감을 위해 봉사활동을 하는 것은 아니다. 그저 여느 한국의 의사처럼 월급을 받으면서 하루하루를 감사하며 지낸다. 단지 노는 것과 여행하는 것을 좋아하고, 가능하면 죽기 전에 지구상의 많은 곳을 가 보고 싶다. 더 많은 사람과 교유하고 매일매일 재미있는 일상을 꿈꾼다. 그렇게 살기에 피지는 더없이 좋은 환경이다. 주 5일 근무라서 주말과 휴일에는 가족들과 함께 열심히 논다. 한국에 있을 때보다 가족과 지낼 수 있는 시간이 많고, 매일 '저녁이 있는 삶'이 가능하다. 일이 끝나면 운동도 하고 취미 생활을 즐긴다. 휴일에는 가족들과 휴양지를 찾아가거나 남태평양에서 스쿠버다이빙을 배우고, 서핑하며 이곳의 생활을 즐긴다.

우리는 여러 가지 정체성을 가지고 있다. 예를 들면 나는 두 아이의 아버지이자 한 여자의 남편이며, 부모님의 소중한 자식이다. 또 피지에서 일하고 있는 한국인 의사이며 세상을 사랑하는 여행자다. 우리는 다양한 정체성을 한 몸에 가지면서도 대부분 충돌하지 않고 정체성 간에 적당한 우선순위를 부여하며 살아간다. 내가 가진 정체성 중에서 우선순위가 높은 것은 세계시민이다. 우주여행을 안 해 봐서 그런지 아직 우주인이라는 자각은 안 든다.

이 지구상에 함께 사는 70억 명 가운데 한 사람으로서 우리는 긍정적이든 부정적이든 서로에게 영향을 받는다. 더욱이 통신과 교통이 발달

해서 요즘은 더욱 가깝게 느껴진다. 인도네시아에 쓰나미가 덮쳐 누군가 죽으면 우리 이웃이 사고를 당한 것 같고, 네팔에 지진이 나면 혹시나 친구가 다쳤을까 걱정이 된다. 그렇게 세계시민으로 피지에서 기쁘고 즐겁게, 때로는 가슴 아파하지만 대부분은 감사하며 지냈다.

언제까지 피지에 있을지는 모른다. 계획을 하고 이곳에 온 것이 아니듯이 떠나고 싶을 때 또 다른 곳으로 계획 없이 가볍게 떠날 수 있기를 바랄 뿐이다. 그렇게 아직 가 보지 못한 곳에서 아직 만나지 못한 사람들과 설레는 만남을 준비한다.

어떤 하루

한밤중에 전화벨이 울렸다. 그 시간에 오는 전화는 대부분 병원에서 오는 응급환자 콜이었다. 꿈나라를 헤매는 정신을 붙잡고 들은 내용은 3년 전부터 귀에서 고름이 흘러나오던 아홉 살 남자아이가 3일 전부터 갑자기 열이 나고 두통을 호소했으며, 어젯밤부터 목이 경직되면서 귀 뒤가 부어올랐다고 했다. 증상은 전형적인 급성 유양돌기염이었고, 뇌수막염과 두개골 내 농양이 의심됐다. 응급수술을 해서 농양을 제거하지 않으면 뇌가 손상되거나 사망할 수도 있는 응급한 상황이었다.

아이가 사는 지역은 수도에서 배로 12시간, 비행기로는 1시간 거리에 있는 타베우니섬이었다. 전화를 건 사람은 타베우니 지역병원 일반의사로, 2년 전에 우리 병원에서 인턴을 했던 친구다. 이비인후과를 수련하는 인턴과 레지던트에게, 또는 각 지역을 순회하며 교육하는 primary ear and hearing care training에서 일반의에게 가장 강조하는 얘기는 '귀에서 고름이 흘러나오는 아이가 갑자기 열이 나거나 두통을 심하게 호소할 때, 갑자기 안 들리거나 어지러워하거나 안면마비가 일어나면 지체하지 말고 환자를 큰 병원으로 보내라'는 것이다. 그렇게 아이가 위중해지니 그가 급한 마음에 내게 전화를 한 것이었다.

3일 전에만 연락했어도 어떻게 항생제로 치료해 보겠지만, 지금은 응급수술이 필요했다. 우선 몇 가지 약과 응급처치를 일러 주고, 환자 이송용 헬리콥터로 최대한 빨리 우리 병원으로 보내라고 했다. 주섬주섬 옷을 챙겨입고 급히 병원에 도착해서 당직 마취과 의사와 응급실 의사에게 상황을 설명하고 수술 준비를 하며 시계를 보니 새벽 5시였다.

아이를 태운 헬리콥터는 6시에 병원에 도착했다. 농양은 유양동을 가득 채우고 넘어서 두개골 안까지 들어갔지만, 수막 바깥쪽과 S자형 정맥동에만 국한돼 있었다. 먼저 유양동을 가득 채운 농양을 제거하고 염증이 있는 유양동 뼈를 제거했다. 그리고 뇌수막과 S자형 정맥동의 지저분한 부위를 씻어냈다. 다행히 수술은 잘 끝났으니 청력 이상과 신경 손상이 없기를 바랄 뿐이었다. 수술이 끝난 시간은 아침 9시. 그렇게 하루를 시작했다.

간단히 씻고 커피와 빵으로 아침을 때웠다. 10시부터 시작된 외래 진료는 환자들의 연속이었다. 면봉 때문에 생긴 상처로 귀가 아픈 남성, 귀 안에 돌멩이와 구슬을 넣은 아이, 귀지로 외이도가 막혀서 귀가 먹먹한 노인, 귀에서 진물이 흘러나오는 아이 등 다양한 증상으로 보건소에서 진료의뢰서를 받고 한두 달을 기다려 먼 거리의 병원으로 이비인후과 진료를 받으러 온 이들이다. 보건소나 지역병원에 있는 일반의사들이 조금만 귀 관련 1차 의료에 대해 알면 벌써 치료를 받았을 아쉬운 경우가 많다. 대부분 귀지나 이물질을 제거하고 웃는 얼굴로 돌아가지만, 오래된 염증으로 고막이나 청력이 손상된 아이들도 있다. 늘 '조금 더 일찍 제대로 된 진료를 받았다면…' 하는 안타까움이 든다.

그런 생각을 하면서 한숨을 내쉴 때 열두 살 여자아이가 엄마와 진료실로 들어왔다. 6개월 전부터 갑자기 한쪽 귀가 완전히 안 들린다고 했다. 언젠가는 좋아지겠거니 하고 두었더니 점점 더 청력이 나빠졌다고 했다. 살펴보니 고막에 외상도 없고 염증도 없었다. 아이 엄마에게 물어보니, "여섯 달 전에 갑자기 한쪽 뺨이 부어올랐다가 저절로 좋아졌는데, 이후 갑자기 한쪽 귀가 전혀 안 들렸다"고 했다. 청력검사를 해보니 한쪽이 감각신경성 난청으로 완전히 청력을 잃은 상태였다.

한국에서는 한 번도 본 적이 없었지만, 볼거리 바이러스 때문에 난청이 생긴 거라 예상했다. 아이는 한쪽 청력을 잃은 후 학교에 가기를 싫어했다. 선생님의 이야기도 알아듣기 어렵고 친구들이 반대편에서

말하는 것을 듣지 못해 고개를 돌리고 들었더니 친구들이 놀렸다고 했다. 집에서도 다른 사람들과 말을 거의 하지 않고 혼자서 시간을 보낸다고 했다. 하지만 나는 볼거리로 인한 감각신경성 난청은 회복이 어렵다는

말을 해 줄 수밖에 없었다.

한국에서는 볼거리 예방접종을 홍역·풍진 백신과 함께 1세 이하에 한 번, 초등학교 들어가기 전에 한 번 더 예방접종을 한다. 하지만 피지에서는 홍역과 풍진 예방접종만 하고 볼거리 예방접종은 하지 않는다. 피지 보건부 예방접종 담당자에게 물어보니, 볼거리는 치료하지 않아도 대부분 합병증 없이 치료되는 병이라 특별한 이유가 없는 한 앞으로도 볼거리 예방접종은 하지 않을 예정이란다. 그러나 피지 보건부 홈페이지에 들어가서 볼거리 환자 통계를 찾아보니 2017년에만 볼거리 환자가 무려 6700명이나 됐다.

볼거리 환자 1000명당 1명 정도에서 감각신경성 난청이 발생하고, 발생한 난청은 완전청력손실에 가까우며 회복 불가능하다고 설명해도 피지에서는 별로 문제가 없다는 대답만 돌아왔다. 2017년에만 피지에서 볼거리 때문에 6명의 아이가 소리를 못 듣게 되고 그중에 한 명만 이비인후과 진료를 받으러 내 진료실에 왔던 거라고 생각하니 더욱 우울해졌다. 나는 피지 보건부에 다시 한번 전화했다. 볼거리를 피지 정규 예방접종 계획에 넣으려면 어떻게 해야 하냐고 문의했더니, 피지 볼거리 예방접종에 대한 경제성을 분석해서 리포트로 제출하면 검토해 보겠다는 답변이 돌아왔다. 다시 한번 한숨을 내쉬고 말았다.

피지 인구 10% 정도가 장애 수준의 청력 이상을 가지고 있을 것으로 추정된다. 청력 이상이 생기는 원인의 30% 정도는 유전적인 요인이지만 60%의 청력 손상은 예방할 수 있었다. 예방할 수 있는 60%의 청력 손상 중 절반인 30%는 귀의 감염 때문이니 예방접종을 잘하고, 귀를 후비지 않고, 중이염이 생겼을 때 잘 치료받으면 예방할 수 있다. 또 다른 30% 중 17%는 출생 시에 저체중아, 조산아, 출산합병증으로 생기니 신생아 청력검사로 예방할 수 있다. 나머지 13%도 소음성 난청, 약물에 의한 난청 등이니 귀 위생 관리만 철저히 하면 예방할 수 있다.

타베우니의 의사가 아홉 살 남자아이를 조금 더 빨리 전원했더라면 어땠을까. 기본적인 중이염·귀지·외이도이물질 관리를 보건소나 1차 병원에서 해 주었다면, 피지에서 볼거리가 필수 예방접종에 포함됐더라면 몇 명의 아이들이 더 잘 들을 수 있었을까 하고 생각했다. 그래서 오늘도 피지의 이비인후과 레지던트를 가르치고, 한 달에 한 번씩 피지 전국을 돌아다니며 일반의들에게 이비인후과 1차 보건의료를 훈련시키고 있다. 이러한 노력들이 조금이라도 이 아이들이 더 잘 들을 수 있게 도움이 되면 좋겠다. 그리고 내일은 피지 볼거리 예방접종에 대한 경제성 분석을 해봐야겠다.

나는 피지 의사가 아니다

피지에서 의사로 살게 된 지 4년이 됐지만, 여전히 피지 말은 서툴고 피지의 의료시스템에 적응하기 어렵다. 환자들이 이비인후과 의사를 만나러 언제든 병원을 방문할 수도 없다. 먼저 동네 보건소나 지역 병원에서 이비인후과 전원 소견서를 받아야만 수도에 있는 병원에서 이비인후과 진료를 받을 수 있다. 응급한 질병이 아니면 2개월은 기다려야 이비인후과 의사를 만날 수 있다. 수술이 필요한 환자가 있어서 수술 날짜와 시간을 예약해 주고 입원을 시켰는데, 다음 날 병원 에어컨 또는 소독기가 고장나거나 수술 가운이 모자란다거나 수술을 도울 의료인력이 부족해 모든 수술이 취소되기도 한다. 수술이 취소되면, 환자는 수술을 못 받고 퇴원해서 배 타고 몇 시간씩 걸려 집에 돌아가야만 한다.

수술실이 준비되더라도 수술을 다 할 수 있는 것은 아니다. 수술을 하기 위해선 수술실뿐만 아니라 마취과 의사, 마취과 간호사, 외과의사, 수술 간호사 그리고 환자, 이렇게 다섯 사람이 준비돼야 하는데, 내 기억으로는 한 번도 이 다섯 사람이 수술 시작 시각인 아침 8시에 모두 모인 적이 없다. 한국에서는 이런 상황을 생각하기 힘들지만, 피지에서는 수술과 수술 사이에 티타임도 가져야 하고 점심도 먹어야 한다. 그렇게 오후 4시가 넘으면 그날 수술이 남아 있더라도 응급수술을 제외하고는 다음 날로 수술을 미룬다. 마취과 의사와 수술실 간호사들이 퇴근을 해야 하기 때문이다.

처음엔 너무나 화가 났다. 조금만 더 시간을 지키고, 티타임을 줄이고, 미리미리 수술기구를 소독해 놓고, 점심을 건너뛰면 한 명이라도 더 수술을 할 수 있을 거라고 생각하며 한국 수술실을 그리워했다. 함께 일하는 의료진을 설득해 보고 출근부를 만들어서 아침 출근시간을 체크하기도 했다. 또 병원 내 장비 관리 리스트를 만들어서 미리 병원 에어컨과 소독기를 관리할 수 있게도 했다. 하지만 다 소용없는 일이었다. 그러다가 문득 내 주변을 둘러보니 나를 제외한 모든 사람이 평화로웠다.

환자는 2개월이 걸려도 이비인후과 의사를 만날 수 있다는 것에 감사했고, 수술실 문제로 수술을 못 받고 퇴원하는 환자는 다음에라도 수술을 받을 수 있는 것에 감사했다. 마취과 의사와 간호사도 여유롭게 아침을 준비하며 수술을 시작하고 티타임과 식사시간을 가졌다. 심지어 수술을 받기 위해서 15시간 넘게 금식하고 있던 환자마저 이제 밥을 먹고 내일 수술할 수 있다면서 감사해했다. 발을 동동 구르며 안절부절 못하는 사람은 한국인 의사뿐이었다. 피지 사람들은 아무리 재촉해도 안 되는 문제가 있는 것을 알고 있었다. 그리고 그 문제 안에서 가장 최선의 방법으로 감사하면서 살아가고 있었다.

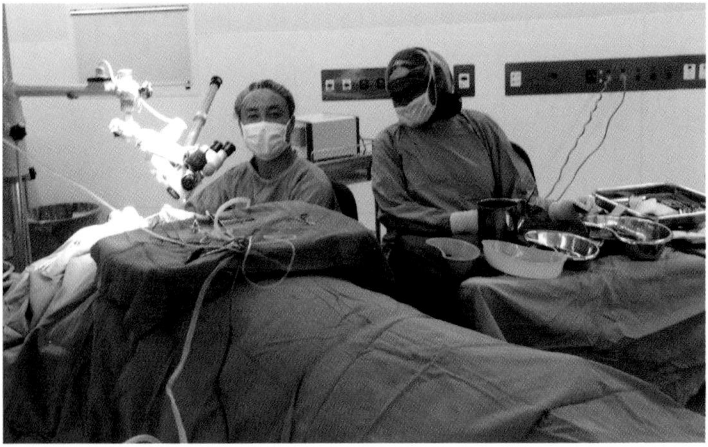

아무리 노력하고 이곳에 오래 살더라도 우리는 피지 사람처럼 될 수 없다. 그럼에도 오랫동안 피지에서 행해지고 있는 일들을 그 근본적인 원인이나 이유를 알지 못한 채 고쳐 보려고 애쓰기도 했다. 하지만 그러한 시도는 대부분 내 경험에 교훈으로 남을 뿐 피지 사람들에게 도움은커녕 오히려 해가 되곤 했다. 그래서 나는 '피지 의사가 아니다'라고 자주 다짐하곤 한다.

글로벌협력의사는 현지 의사가 아니다. 언젠가 파견지를 떠난다. 그게 언제가 될지는 모르지만, 떠날 것은 분명하다. 그래서 언젠가는 이곳을 떠날 것을 늘 마음에 새겨두고 미리 준비해야 한다. 만약 아무런 준비 없이 떠나 버리면, 또다시 피지에는 이비인후과 전문의가 한 명도 없거나 또 다른 외국인 의사가 와서 이비인후과 진료를 하고, 구멍 난 독에 물 붓기를 해야 할 것이다. 그래서 내가 글로벌협력의사로서 진료와 수술보다 더 중요하게 진행하는 일이 두 가지 있다. 하나는 피지에 이비인후과 전문의를 양성하고, 다른 하나는 피지 의료진에게 이비인후과에 대해 교육하는 것이다.

피지에서 이비인후과 전문의가 되려면 의과대학 6년, 인턴 1년, 지역봉사 2년, 외과 수련 4년 그리고 그런 후에 해외에서 이비인후과 수련을 2~3년 더 받아야 한다. 그래서 학생들은 이비인후과 전문의가 되려 하지 않는다. 의사만 돼도 안정적인 수입이 보장되고, 외과 전문의만 돼도 일자리와 고수익이 보장되기 때문에 해외에서 2~3년 더 수련하면서까지 이비인후과 전문의사가 될 필요가 없는 것이다.

그래도 피지 보건부는 언제까지 이비인후과 진료를 계속 외국인 의사에게 맡겨둘 수 없기에 피지인 이비인후과 전문의를 양성하려 노력한다. 지난 3년간 피지 외과 전공의에게 이비인후과 강의를 하고 실습기회를 제공했다. 진료실과 수술실에서 이비인후과 전문의의 필요성을 여러 번 설득한 끝에 외과 레지던트 4년 차 1명과 2년 차 1명이 이비인후과 수련의로 등록했고, 집중적으로 교육을 받고 있다. 이들은 글로벌협력의사에게 피지에서 2년 동안 수련하고, 호주나 뉴질랜드에서 1년 수련한 후 다시 본국으로 돌아와 일정한 자격심사와 시험을 거쳐서 최초의 피지인 이비인후과 전문의가 될 예정이다. 꼭 그렇게 됐으면 좋겠다.

또 다른 중요한 일은 보건소 의사나 간호사에게 이비인후과 질병에 대해 교육하는 것이다. 피지에서는 아프면 먼저 보건소에 간다. 보건소에는 의과대학을 갓 졸업한 의사나 진료간호사가 1차 진료를 한다. 피지 의과대학에는 이비인후과 의사가 없어서 학생들은 이비인후과를 별도로 배울 수 없다. 물론 피지 의과대학도 질병별 블록 강의를 하고 있어서 이비인후과 질병으로는 만성중이염, 상기도 감염, 알레르기성 비염이 교육과정에 포함돼 있다. 이러한 질병을 이비인후과 교수가 아닌 해부학, 생리학, 내과, 소아과 의사가 6시간에 걸쳐서 가르친다. 고작 이것이 6년간 의과대학에서 배우는 이비인후과 과정의 전부다.

이러한 상황에서도 의과대학을 졸업한 일반의나 간호대학을 졸업한 간호사들은 보건소와 1차 병원에서 이비인후과 환자를 진료한다. 몇몇 의사나 간호사들이 인터넷에 나와 있는 정보를 통해서 환자를 진료하기도 하지만, 대부분은 끊임없이 항생제와 항염증제 처방으로 일관할 뿐이다. 게다가 간단한 처치로도 충분했을 환자의 병을 키워 3차 병원으로 보내기도 했다. 이비인후과 질병에 대한 1차 의료인력의 처치역량 부족이 결국은 3차 병원 이비인후과 진료실 복도 앞의 긴 줄과 대기 시간을 만드는 것이다.

그래서 피지를 20개 지역으로 구분해 WHO Primary Ear and

Hearing Care(PEHC) training을 진행했다. PEHC는 WHO에서 만든 1차 의료인력 대상 귀 질병 및 난청 환자 처치 교육 프로그램으로 △1차 병원·보건소 의사와 진료간호사를 대상으로 이틀 동안 귀 해부, 청각 생리, 외이·중이 질병 감별진단과 처치 △귀 감염 합병증, 청력검사, 난청 환자 처치 등을 교육했다. 현재까지 20개 군 가운데 16개의 군에서 진행했고 내년까지 피지의 20개 군 모두에서 진행할 예정이다. 최근 남태평양 외과학회에서 이 교육프로그램에 대한 발표가 있었다. 발표 후 프로그램이 주변 나라들로 알려졌고, 이비인후과 의사가 나라에 한 명도 없는 솔로몬제도·바누아투·사모아·키리바시·투발루 등 남태평양 섬나라에 이비인후과 교육을 확산할 예정이다.

지금 가르치고 있는 레지던트가 전문의가 돼 피지에서 이비인후과 질환을 겪는 환자들의 어려움을 피지어로 부족함 없이 들어주는 날이 오기를 기대한다. 아울러 보건소에서 일하는 모든 피지 일반의들과 진료간호사들이 간단한 이비인후과 질병은 직접 처치할 수 있게 되기를 희망한다. 그런 날이 조금이라도 빨리 올 수 있기를 바라기에, 오늘도 이렇게 다짐한다.

'나는 피지 의사가 아니다'라고….

CHAPTER 9

에티오피아

안과
윤창균

빛을 찾아, 에티오피아로

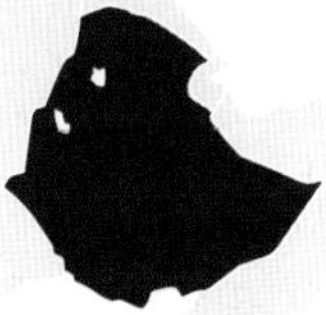

나는 KOICA를 통해 2019년 8월 1일부터 5기 글로벌협력의사로 아프리카 대륙의 에티오피아에서 근무하는 안과 전문의다. 수도 아디스아바바의 국공립 병원인 라스데스타(RasDesta)에서 백내장 수술을 집도하고, 현지 안과 의사들에게 최신 백내장 수술 기법을 교육한다.

라스데스타 병원에는 지금까지 KOICA를 통해 모두 세 분의 한국 안과의사가 근무했다. 2009년부터 3년간 대체복무제도인 국제협력의사로 부임한 윤상철 선생님, 2011년부터 역시 3년간 국제협력의사로 근무한 김재윤 선생님, 2014년 국제협력의사제도가 폐지된 후 2016년 새로 설립된 글로벌협력의사제도로 2017년부터 2년간 2기 글로벌협력의사로 봉사한 이승재 선생님이다.

이렇게 세 분이 총 8년간 노력하셨고, 예방 가능한 시력상실을 막기 위해 설립된 NGO단체인 비전케어와 KOICA가 협력해 많은 도움을 줬다. 그 결과 불모지와 다름없던 라스데스타 병원이 이제는 제법 훌륭한 설비와 시스템을 갖추게 되었으나 잦은 정전으로 기존의 민감한 안과 장비가 쉽게 고장 나며 이를 현지에서 수리하는 일이 불가능하여 한국으로 보내 고쳐오는 일이 자주 반복되는 것을 부임 후 수 차례 경험하였다. 이에 KOICA의 현장사업비를 통해 안정적인 전력 공급과 5-10년 가까이 된 기계들을 업그레이드 및 추가 구매하여 병원 측에 기증하고 있다. 나는 부임 후 기존의 장점을 유지하면서 더 나은 수술결과와 현지 의료진의 교육을 위해 백내장 수술 시 발생 가능한 합병증을 효율적으로 관리할 수 있는 앞 유리체 절제술을 추가해 시행하고 있으며 기존 백내장 수술을 받은 환자들 중 인공수정체를 넣지 못한 경우나 인공수정체가 이탈된 경우를 교정하고 있다.

신약성경의 마태복음 5장 16절 말씀 '이같이 너희 빛이 사람 앞에 비치게 해 그들로 너희 착한 행실을 보고 하늘에 계신 너희 아버지께 영광을 돌리게 하라'에 근거한 믿음으로 전공의 2년 차 시절인 2005년, KOICA에 국제협력의사제도를 통해 안과의사로서 대체복무를 할 수 있는지 문의한 적이 있다. 하지만 당시에는 안과의사를 모집하지 않았기에 2008년 안과 전문의 자격증을 취득한 후 3년간 징병전담의사로 군복무를 마쳤다. 이후 5년간 강남에서 시력교정 수술 전문의로 일했다.

그러던 중 결혼 10주년을 맞은 2015년 4월, 아내와 함께 비전케어를 통해 에티오피아의 지방도시 암보에서 일주일간 열린 백내장 수술 캠프에 참여하게 됐다. 그곳은 국공립 병원임에도 불구하고 물과 전기가 제대로 공급되지 않는 열악한 환경이었다. 그곳에서 나는 심한 백내장으로 두 눈의 시력을 상실한 지 오래됐으나 수술해 줄 안과의사를 만날 수 없어 삶이 피폐해진 셀 수 없이 많은 환자를 만났다. 최대한 많은 환자에게 도움을 주고 싶었지만, 시·공간과 능력의 한계에 부닥쳐 제한된 소수의 환자에게만 광명을 찾게 해 줄 수 있었고, 나머지 환자들은 기약 없는 다음을 기다리며 무거운 발걸음을 돌려야 했다. 그 광경을 직접 목격한 나는 한동안 잊고 지낸 해외봉사의 마음을 다시 한번 생각하게 됐다. 수술 캠프처럼 일주일 정도의 단기간이 아니라 몇 년 이상 장기간 현지에 머물면서 많은 환자를 꾸준히 섬길 기회가 주어지길 간절히 바랐다.

캠프를 마치고 한국으로 돌아온 나는 한국과는 비교조차 할 수 없는 부족한 의료시스템과 장비로 한국보다 훨씬 어려운 케이스의 백내장 환자들을 수술하고, 현지 의료진마저 교육하려면 언어의 장벽을 뛰어넘을 정도의 월등한 실력이 필요할 것이라는 생각을 했다. 이에 기존의 시력교정 수술 병원에서 근무를 지속하기보다는 지방의 백내장 수술 전문 병원으로 옮겨 근무하는 것이 더 도움이 되리라 판단해 이직을 결정했다. 아울러 에티오피아를 다녀온 후 매년 한 차례씩 비전케어를 통해 백내장 수술 캠프에 참여해 2016년과 2017년에는 중국의 구이양, 2018년에는 파키스탄의 라호르에 다녀오며 해외에서 장기간 봉사할 기회를 찾았다.

그러던 중 고등학교 때 같은 반 동창이었던 이승재 선생님이 강남 한복판에서 잘 운영하던 시력교정 수술 병원의 대표원장 자리를 내려놓고 글로벌협력의사로 에티오피아에서 근무하게 된 것을 알게 됐다. 우리는 꾸준히 연락을 주고받으며 그의 후임으로 내가 에티오피아에 갈 수 있게 되기를 기도했다. 그리고 마침내 2019년 1월, 5기 글로벌협력의사 모집공고가 나왔고, 나는 모집 첫날 지원했다. 한 달 뒤 1차 서류심사 발표에서 총 10개국 10개 분야의 전문의사 모집 중 나 혼자만 지원한 사실을 알게 됐다. KOICA로서는 단 한 명의 의사만 파견해 사업을 유지하기는 어려워 다시 모집 기간을 늘렸다. 결국 4개월 뒤 캄보디아에 내과 글로벌협력의사로 지원하신 박세정 선생님 덕에 최종 선발돼 글로벌협력의사 5기로 에티오피아에 오게 됐다.

1기와 2기 글로벌협력의사 모집 때에는 지원자가 많아 경쟁률이 높았으나 3기부터는 지원자가 줄기 시작하고 4기와 5기에는 각각 2명의 의사만 지원해 선발됐다. 지원자가 점점 줄어드는 것에 아쉬움이 많았지만, 다행히 6기 모집에는 다시 많은 지원자가 나와 특정과는 경쟁까지 붙었다고 들었다. 모쪼록 코로나19 사태가 조속히 종료돼 6기 선생님들도 자신의 바람대로 KOICA의 지원 아래 많은 이들을 섬길 수 있길 바란다. 또 앞으로도 글로벌협력의사제도가 계속 이어져 이를 통해 많은 훌륭한 전문의 선생님들이 자원해 의료혜택 사각지대에 놓인 전 세계 곳곳의 수많은 환자를 도와줄 수 있기를 바란다.

코로나로 인해 더해진 실명의 위험 속에서

2006년 조사 결과에 따르면 에티오피아의 실명률은 1.6%, 저시력 환자의 비율은 3.7%로 세계에서 가장 높은 실명률과 저시력 비율을 보이고 있다. 실명을 일으키는 주된 원인을 살펴보면 백내장이 49.9%로 가장 많고 트라코마를 비롯한 각막 혼탁(19.3%), 굴절 이상(7.8%), 녹내장(5.2%) 등이 그 뒤를 이었다.

2017년 통계에 따르면 에티오피아 전체 인구가 1억이 넘는 가운데 안과 전문의의 수는 140여 명에 불과해 안과의사 1명이 무려 100만 명을 담당해야 했고(한국의 경우 인구 100만 명당 안과의사 수는 70명이다), 안과 수술이 체계적으로 이루어지는 3차 기관도 5개에 불과했다. 이는 에티오피아 자체적으로 안과 보건을 해결할 역량이 현저히 부족함을 의미한다. 그리고 140여 명의 현지 안과 전문의들 대부분이 오래된 방법의 백내장 수술(백내장 낭외 적출술)만 가능한 상황이라 최신 백내장 수술 기법(초음파 유화술)에 관한 의료진 교육이 절실하다. 양질의 수술을 통해 좋은 결과를 환자에게 제공하는 것은 매우 중요하며, 바로 이것이 내가 에티오피아에서 KOICA 글로벌협력의사로 활동하는 주된 이유다.

해발고도 2300m가 넘는 고지대인 아디스아바바에서는 강한 자외선에 노출돼 투명한 수정체가 혼탁해지는 백내장이 이른 나이부터 발생하고 빠른 속도로 심해지는 경우가 많다. 그 때문에 환자가 병원을 찾아올 때는 한국에서는 더는 보기 힘들 정도로 진행된 과숙 백내장인 경우가 상당수다. 동공 확장제에 반응하지 않는 작은 동공, 수정체를 붙잡아 주는 소대가 약해서 끊어진 경우 등 백내장 수술을 어렵게 만들고 수술 결과에 안 좋은 영향을 미치는 요소들이 상당수 합병된 사례가 많아 수술 때마다 살얼음 위를 걷는 기분이다.

이런 상황에서 기존의 구식 백내장 수술 방법에서 벗어나 수술시간이 적게 소요되며 회복기간이 빠르고 더 선명한 시력 결과를 선사하는 최신 백내장 수술 방법을 처음 접하고 익히려는 현지 의사들은 당연히 술기에 있어 어려움을 겪을 수밖에 없다. 그렇기에 앞으로도 우수하고 경험이 풍부한 안과 전문의가 파견되고 장기간 남아 현지의 환자와 의료진을 도울 수 있도록 꾸준히 파견이 유지돼야 한다.

지금 에티오피아는 한국의 1960~1970년대 상황과 유사하다. 국가적 인프라 환경이나 안정적인 물·전기 공급 및 하수처리시설들이 열악하다. 이는 1970년대 공산정권이 10년 넘게 집권한 것부터 시작해 1993년 이후 20년간 독재정치가 이어져 부정부패가 만연한 결과다. 또 오로미아(40%) 암하라(30%) 티그라이(5%) 등 에티오피아의 대표적인 3개 부족을 비롯해 80개가 넘는 소수민족들 사이에 화합이 이루어지지 않고 정권 다툼이 계속되고 있어 2020년 7월에는 3주간 전국의 인터넷이 차단된 일도 있다. 2020년 11월에는 북쪽의 티그라이 자치구와 에티오피아 주정부 간의 내전이 발생해 수천 명의 사상자와 수만 명의 난민이 발생하고 있다. 여기에 에티오피아 정교(40%)와 이슬람(40%)의 종

라스데스타 병원에 코로나19 방역용품을 기증

교 간 갈등을 비롯해 몇 차례의 대기근 등이 복합적으로 영향을 미치고 있다.

길거리에는 어린아이를 업은 채 구걸을 하는 젊은 여성들과 힘없는 노약자, 특히 코로나19 이후론 차량 사이를 비집고 운전자에게 마스크를 판매하려는 10살도 안 된 아이들과 주변국에서 온 난민과 장애인 등 다양한 걸인들을 쉽게 볼 수 있다. 또 30~40년 사용해 배기 시스템이 제대로 작동하지 않고 높은 고도로 인해 연료가 완전히 연소되지 않아 시커먼 매연을 내뿜는 폐차 직전의 일본산 자동차가 도로를 95% 이상 차지하고 있다. 차량은 툭하면 운행 중 멈춰 서고 도로 곳곳이 패어 교통사고가 수시로 발생한다. 하지만 이런 난감한 상황 속에서도 에티오피아에는 분명 희망이 있다.

아프리카 대륙에서 인구수로만 따지면 2억 명의 나이지리아에 이어 2위이고, 출산율이 높아(수도는 평균 4명 이상, 지방은 그 2배인 8명 이상) 젊은 층이 풍부하며, 연평균 8% 이상의 경제성장률을 꾸준히 보여 왔다. 무엇보다 어느 민족에게도 뒤지지 않는 자존심에 근거한 높은 교육열을 보여 세계경제 예측기관에서는 2050년 에티오피아가 아프리카 최강국으로 부상할 전망이라 밝힌 바 있다.

하지만 코로나19 사태로 전 세계 모든 나라의 경제성장률이 예년에 비해 매우 낮아진 상황이고, 에티오피아 역시 예외가 아니다. 특히 젊은 층이 어려움을 겪고 있다. 에티오피아에서는 2020년 3월 13일 첫 확진

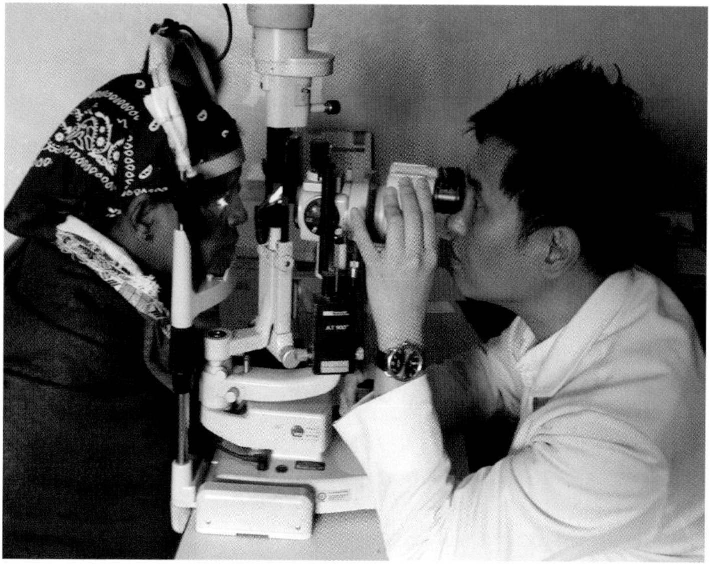

라스데스타 병원 안과 외래에서 첫 환자 진료

자가 발생했고, 이후 두 달간은 매우 느린 증가 수를 보이다가 최근 한 달 사이 확진자와 사망자 수가 폭발적으로 증가했다. 첫 확진자 발표 이후 단원들을 포함한 대다수의 KOICA 비필수 인력은 한국으로 일시 귀국했고, 필수 KOICA 인력과 대사관 직원 그리고 교민의 건강을 지키기 위해 내가 가족과 함께 이곳에 남았다.

나는 감염 가능성을 줄이기 위해 KOICA의 지침 아래 병원에 출근하지 않고 재택근무를 한다. 항체 신속진단 키트를 선정하고 들여와 교민 가운데 감염 의심 증상을 보이는 경우를 선별해 검사 및 상담을 해드리는 업무와 현지인들에게 방역 장비를 제공하는 업무를 수행한다.

라스데스타 병원 수술실에서 현지 안과 의사 대상 최신 백내장 수술법 교육 종료 후

팬데믹으로 인해 병원 본연의 업무가 중단되면서 전 세계적으로 30% 이상의 정규 수술들이 이루어지지 못하고, 내가 출근하던 병원 역시 수술실을 닫은 상태라 시력상실로 인해 고통받는 많은 환자가 수술을 받게 될 날만을 기약 없이 기다리고 있다.

에티오피아에서는 코로나19로 인한 20~30대의 젊은 환자들, 그중에서도 여성들의 사망률이 5% 이상으로 아주 높다. 다른 국가들의 젊은이들이 보통 0.01%의 수치를 보이는 것과 비교할 때 무척 높은 수치다. 이는 젊은 사람들 가운데 이미 후천성 면역결핍 바이러스(HIV)에 감염돼 있거나 AIDS로 진행해 폐결핵 등을 동반한 환자들이 많은 탓이다. 경제적 어려움으로 기존의 질환들을 치료하기 위한 약을 꾸준히 먹기가 어려워 그들에게 코로나19는 어려움을 더하고 있다.

나는 부임 후 한 달이 지난 시점부터 백내장 수술을 집도하기 시작했다. 한국과 다른 여러 가지 특징 중 하나는 30대의 젊은 남녀가 외상 없이도 상당히 진행된 백내장으로 심심찮게 병원을 찾아온다는 것이다. 그 환자들의 경우 대부분 HIV에 감염돼 있다. 이 때문에 나는 수술하는 날이면 이들을 마지막 시간대로 예약을 잡아 혹시 모를 전파 가능성을 최소화한다.

처음 이들을 수술할 때 주사기 사용 중 의료진이 찔리는 경우도 있어 몸을 사렸던 것이 사실이다. 하지만 회를 거듭하면서 모든 것이 일

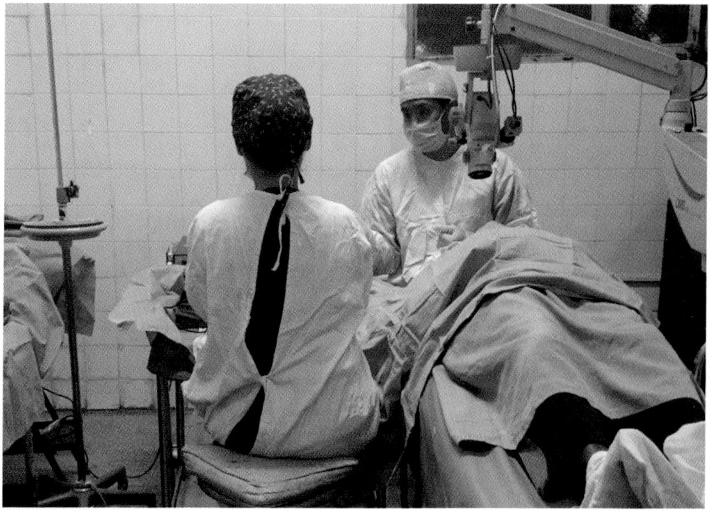

KOICA 주민정 간호단원과 백내장 수술을 집도하며

상이 됐고, 지금은 두려운 마음은 사라지고 그저 안타까운 마음만 크다. 많은 환자가 수술 후 시력을 되찾은 것에 대해 내게 고마움을 표현한다. 특히 젊은 AIDS 환자들은 조금 다른 의미에서 더욱 감사를 전한다.

그들 중 남자의 경우는 대다수가 수도와 지방을 오가는 트럭 운전사이고, 여자의 경우는 젊은 나이에 결혼하는 에티오피아의 일반적인 상황과 달리 대부분 미혼이고 성 관련 사업에 종사한다. 남녀 구분 없이 이들은 어김없이 수술한 바로 다음 날 진단서를 요구한다. 수술한 날부터 최소 1주, 길게는 한 달간 '수술 후 회복을 위해 일을 하지 말아야 한다'는 의사의 소견이 필요하기 때문이다.

처음에는 백내장 수술을 받은 뒤 1주일 정도는 무리하지 않는 것이 여러모로 좋으니 수술 후 그 기간 동안 안정이 필요하다고 적어 주는 것에 거리낌이 없었다. 하지만 1개월은 과하다 싶어 거부하기도 했다. 그런데 진료를 도와주던 통역사들이 한 달 치 진단서를 끊어 줘야 이들이 월급을 깎이지 않고 제대로 받을 수 있다고 귀띔해 주어 그때부터는 그렇게 요양 진단서를 적어 준다. 환자들은 이 점을 특히 고마워한다.

모쪼록 코로나를 예방할 수 있는 백신과 치료제가 하루빨리 개발되고 널리 공급돼 HIV 및 AIDS와 폐결핵 탓에 코로나19로 인한 사망률이 더욱 높아진 에티오피아의 젊은 청년들에게 희망을 선물하기를 소망한다. 나도 조속히 제자리로 돌아가 시력상실로 인해 고통받고 있는 환자들에게 도움이 될 수 있기를 간절히 기도한다.

현지 간호사 대상 최신 백내장 수술 사용 기구 사용법 교육

KOICA라는 선택

일각에서는 KOICA를 대표로 하는 공적 개발원조나 비전케어와 같은 NGO의 도움이 오히려 에티오피아 국민들로 하여금 도움받는 것을 당연하게 여기게끔 만들어 스스로 발전해 나갈 수 있는 능력을 저하시키고, 일부 특정 혜택 집단이 기술을 습득해 사리사욕만 채워 빈부격차를 심화시킨다는 주장을 펼치기도 한다. 이는 안과 분야에서도 실제 벌어지는 일이다. 140여 명의 현지 안과의사들 중 다수가 수도인 아디스아바바에만 머물러 지방에서는 안과 전문의를 찾아보기 힘들다. 또 수도에 머물러 있는 안과 전문의 대부분 국공립병원의 적은 월급(세전 2만 비르 내외, 1비르는 한국 돈 40원에 해당)으로는 만족하지 못해 사립병원에 이중으로 취업한다. 사립병원은 국립병원에서 환자 1명에게 받는 백내장 수술비용인 700비르 내외보다 무려 20배가 비싼 비용을 청구해 의료혜택에도 빈익빈 부익부가 생겨난다.

이런 부조리한 점이 있다는 것을 알기에 내 마음은 더 강해진다. 부정적인 면을 지적하는 일에 매달리기보다는 KOICA 글로벌협력의사로서 오랜 시간 머물며(2년마다 2년 단위로 연장 가능) 많은 사람에게 적은 비용으로 최고의 결과를 선사하겠다는 각오 말이다. 더불어 최대한 많은 현지 의료진을 교육하고, 그들이 다시 동료 의사들을 교육함으로써 최종적으로는 의료혜택이 여러 지역에 퍼지는 선순환이 이뤄지기를 바란다.

한편 외국인 의사가 타지에서 현지인을 대상으로 진료하고 수술하려면 어떤 과정을 거쳐야 하는지, 좀 더 구체적으로 얘기하면 '한국에서 의대를 졸업하고 의사면허를 취득한 뒤 전공의 과정을 마쳐 안과 전문의가 된 한국인이 에티오피아에서 2년 이상 장기간 거주하면서 근무하려면 어떤 준비가 필요한지'를 궁금해하는 '예비 봉사자'가 있을 듯하다.

이들을 위해 그 과정을 설명하자면, 우선 에티오피아 정부로부터 한국 의사면허증과 전문의자격증을 심사받아 에티오피아에서 일할 수 있는 의사면허증을 교부받아야 한다. 이를 위해서는 공증된 영문 의사면허증과 전문의자격증, 그동안 한국에서 일한 병·의원들의 경력증명서, 의대·대학원 성적과 졸업증명서 그리고 해외봉사활동 인증서 등이 필요하며, 특히 에티오피아의 경우 전문의 취득 후 10년 이상의 임상 경험이 있는 경우에만 전문의로 인정받는다. 또 면접심사일 기준 6개월 이내에 응시한 국제인증 영어시험(토익·토플 등)의 성적도 필요하다.

나는 라스데스타 병원에서 2년간 먼저 근무한 이승재 원장님의 조언에 따라 미리 서류들을 꼼꼼히 준비했다. 그러나 2019년 8월 에티오피아에 도착하고 1개월 뒤 KOICA 코디네이터로부터 의사면허 발급에 차질이 생겼다는 전화를 받았다. 이유를 알아보니 전문의 취득 후 10년간 근무한 병·의원들에서 경력·재직증명서를 발급할 때 내 직함을 원장으로 적어준 것에 문제가 있었다. 한글로 발급받은 서류들을 영어 공증을 거치는 과정에서 번역의 오류가 있었던 것이다. 에티오피아 정부는 medical director를 doctor 혹은 안과의사라는 의미의 ophthalmologist로 볼 수 없다며 한국에서의 활동을 인정해 주지 않았다.

한국에서는 원장이란 직함이 진료를 보고 수술을 하는 의사를 의미한다고 수차례 정부 기관에 얘기했지만, 그들은 끝내 받아들이지 않았다. 어쩔 수 없이 에티오피아에 들고 온 공증번역 서류 원본을 다시 한국으로 보내 수정해서 원본을 에티오피아로 가져와야 하는 번거로운 상황이 벌어졌다. 이때 불현듯이 2015년 4월 비전케어를 통해 일주일간 에티오피아에 왔던 기억이 떠올랐다. 당시 백내장 수술 캠프에 참여하기 위해 임시로 발급받은 에티오피아 의사면허증이 남아 있을지도 모르겠다는 생각이 들었다. 다행히 원본 서류가 비전케어의 에티오피아 지부 사무소에 남아 있었고, 그 서류를 제출했더니 그제야 의사면허증을 내줬다.

이렇듯 한국어가 영어로 번역될 때는 단어의 숨은 의미 혹은 뉘앙스를 다른 문화에서는 받아들이지 않아 문제가 되기도 한다. 특히 에티오피아에서 영어는 제1공용어가 아니다. 에티오피아에는 80개 이상의 민족이 각자의 언어를 사용하며, 그중 가장 많은 인구수를 차지하는 세 민족 암하라·오로모·티그라이 언어가 가장 널리 쓰인다. 수도인 아디스아바바에서는 암하라어(አማርኛ 아바른나)가 제1공용어 역할을 한다. 문제는 아프리카의 여러 국가에서 폭넓게 쓰이는 영어나 알파벳 문자 체계로 이루어진 스와힐리어와 달리 암하라어는 에티오피아의 원시 언어인 그으즈어를 바탕으로 하고 있기에 자음 34개와 모음 7개의 조합으로 이루어진 총 238개의 피델을 외워야만 글을 읽고 발음할 수 있다는 점이다. 한마디로 쉽지 않다.

나는 2015년에 에티오피아를 처음 방문한 뒤로 늘 에티오피아로 다시 돌아올 것을 마음에 품고 살았다. 따라서 현지 언어를 익히겠다고 여러 차례 마음먹었으나 한국에 살면서 암하라어를 익히는 것은 생각만큼 순조롭지 않았다. 파견 나오기 2주 전 KOICA 국내 교육을 통해 5일 동안 하루 3시간씩 암하라어를 배우는 시간이 있었다. 그러나 그 정도로는 역부족이라 겨우 눈으로 피델을 익힌 채 에티오피아에 왔다. 파견 후 KOICA에서 언어 습득을 위한 프로그램을 제공해 주었으나 한 달밖에 배우지 않은 상태로 진료실에서 업무를 시작하다 보니 여러 문제가 발생했다.

당연히 내가 에티오피아에 온 지 얼마 되지 않았다는 것을 병원에서도 알고 있었다. 그래서 병원 측은 진료를 볼 때 내가 영어로 말하면 암하라어로 통역해 줄 사람을 지원해 주었다. 하지만 통역사는 영어에 능통하지 않고, 환자 중 상당수는 암하라어가 아닌 지방 언어를 써서 소통이 어려웠다. 게다가 통역사는 통역뿐 아니라 환자들의 차트 정리와 예약업무까지 수기로 해야 해서(한국과 달리 전산시스템이 없다) 환자 한 명에게 불필요하게 많은 시간을 소요해야 했다.

심지어 손발을 겨우 맞추게 된 통역사는 출산이나 원내 순환 체계로 인해 평균 열흘에 한 번꼴로 바뀌기까지 했다. 나는 그럴 때마다 새로 온 통역사에게 일일이 진료 시스템을 처음부터 다시 인계해야만 했다. 수술실의 상황은 그나마 나았다. 평상시 수술실에서 자주 쓰는 몇 가지 문장을 암하라어 선생님께 미리 배워 암기해 사용할 수 있었다. 수술실에서는 상황이 제한적이라 괜찮았지만, 진료실은 달랐다. 진료실에서는 여러 가지 증상들을 환자와 보호자에게 설명하고 설득하며 상의해야 했다. 그러니 늘 통역사가 필요했는데, 때때로 통역사가 자리를 비우게 되면 나는 온몸으로 수많은 시선을 받았다. 진료실을 가득 메운 환자와 보호자들은 따가운 눈초리 혹은 그윽한 눈망울로 나를 바라보았다. 나는 그 시선들을 애써 외면하며 "기다리라"는 뜻의 암하라어 '꼬이'라는 말만 앵무새처럼 되풀이했다.

이전에 에티오피아와 중국 그리고 파키스탄에서 열렸던 단기 백내장 수술 캠프들에 참여했을 때도 제대로 된 통역의 중요성을 뼈저리게 경험했다. 그들이 없다면 내가 아무리 좋은 의술을 펼치더라도 소용이 없을 것 같았다. 문득 몇 해 전 읽었던 <통과>라는 책이 떠올랐다. 히말라야가 보이는 오지 고원지대에서 한국인 내과의사로 10년 이상을 섬겼던 저자 정성 님은 내시경을 전문으로 하셨던 분답게 각 상황을 위장관에 빗대어 풀어 가시며 책을 썼는데, 현지어를 능숙하게 익히는 것이 파견 의사에게 얼마나 중요한지 거듭 강조했다. 그중에도 "언어를 배우는 수년의 시간은 사랑하는 라헬을 얻기 위해 7년, 아니 14년을 수일처럼 여겼던 야곱의 마음이었다. 의사도, 선교사도 아니고 유치원생 취급을 받았을망정 이 땅을 사랑하는 주님의 마음을 연약함 가운데 더 배울 수 있었던 귀한 시간이었다"라는 문구가 가장 마음에 남았다.

구약성경의 창세기 29장을 보면, 쌍둥이 형의 발목을 잡고 태어난 동생 야곱이 어머니와 짜고 눈먼 아버지 이삭을 속여 형의 장자권과 축복을 모두 빼앗는다. 그 뒤 분노한 형에게 죽임을 당할까 봐 외삼촌 라반의 집으로 피신해 밥벌이를 시작하고, 라반의 두 딸 중 동생인 라헬에게 반해 "7년을 일하면 라헬을 주리라"는 약속을 받은 뒤 7년을 며칠처럼 여기며 기쁘게 일했으나 "언니 레아보다 먼저 라헬을 줄 수는 없다"는 말에 다시 7년을 더 일해 총 14년 뒤 결국 라헬을 취하게 되는 장면이 나온다.

이런 스토리를 알고 나면 정성 님께서 하신 말씀이 더 묵직하게 다가온다. 얼마나 그 민족을 사랑했으면 현지어를 자유자재로 구사할 수 있도록 피나는 노력을 한 건지, 나는 과연 얼마나 암하라어를 습득하기 위해 노력하고 있는지 되돌아보며 부끄러움을 느꼈다.

말이라는 것이 참 오묘해서 말이 안 통해도 마음이 통할 수 있고, 말이 버젓이 통하지만 마음이 틀어지기도 한다. 그래도 나는 말이 통하면 분명 더 많이 마음이 통할 수 있다고 믿는다. 이 땅을 섬기러 왔다면 그들의 곁에 오래 머물며 소통하는 것이 가장 중요하다.

끝으로 많은 분께 감사의 마음을 전하고 싶다.

언제나 지켜 주시고 이끌어 주시는 주님과 내 꿈을 독려하며 기도와 물심양면으로 챙겨 주는 사랑하는 아내 이정민과 부족한 아빠를 믿고 따라온 두 딸 사라와 마리 그리고 기도로 늘 힘을 보태 주시는 어머니와 하늘에 계신 아버지, 사랑으로 섬겨 주신 장인어른과 장모님께 진심으로 감사의 인사를 전한다. 또 KOICA 에티오피아 사무소의 김동호 소장님을 비롯한 모든 직원분께도 정말 감사드린다.

앞서 글로벌협력의사로 와 내가 현지에서 잘 적응하고 지낼 수 있도록 아낌없이 도와준 이승재 원장님, 백내장 수술의 다양한 사례를 접하고 잘 마무리할 수 있는 능력을 키우도록 도와준 정도현 원장님, 해외 여러 나라에서 열린 백내장 수술 캠프에 100차례 이상 참석해 초심을 잃지 않고 언제나 환자가 우선임을 알려 주시며 '봉사하는 의사'의 모습이란 어떤 것인지 몸소 보여준 임동권 원장님, 비전케어를 세우고 2015년 처음으로 에티오피아를 방문할 수 있도록 소개해 준 김동해 원장님께도 감사한다.

더불어 글로벌협력의사로 선발되고 파견될 수 있도록 함께 지원해 주신 박세정 선생님과 정부파견의 시절을 포함해 우간다와 에티오피아에서 거의 30년간 머물며 낮은 곳에서 섬기고 아낌없이 조언을 주시는 유덕종 글로벌협력의사 선생님과 KOFIH를 통해 에티오피아에서 지난 8년간 애쓰시며 믿음으로 본을 보이신 김태훈·김희연 선교사님께도 진심으로 감사드린다.

이 밖에 현지 적응에 어려움이 없도록 큰 도움을 준 비전케어의 김경진 지부장님과 직원분들, 미래아이연합의원의 선민석 팀장님과 에티오피아 한인교회 모든 성도분들과 온누리교회 두란노해외선교회 그리고 명은지 참사관을 비롯한 주에티오피아 한국대사관에도 고마움을 표하고 싶다. 라스데스타 병원 수술실에서의 시작에 큰 도움을 준 주민정 KOICA 간호단원과 라스데스타 병원의 안과 과장인 Doctor Addis, 수술실 및 외래 진료실의 모든 현지 직원분들께도 이 글을 통해 깊은 감사의 인사를 드린다.

마음에 붙잡아 두는 말씀 하나를 전하며 글을 마무리한다.

"눈은 몸의 등불이니 그러므로 네 눈이 성하면 온몸이 밝을 것이요 눈이 나쁘면 온몸이 어두울 것이니 그러므로 네게 있는 빛이 어두우면 그 어둠이 얼마나 더하겠느냐."(마태복음 6장 22절)

CHAPTER 10

카메룬

응급의학과
정중식

홈리스

서울시의 위탁으로 한 대학교가 운영하는 B병원 응급실 한 구석에는 20병상 규모로 분리된 또 하나의 '안쪽 응급실'이 있다. '행려 구역', 즉 홈리스 전용 치료구역이다. 보이지 않는 경계로 구분된 안과 밖의 응급실은 많은 것이 달랐다. 안쪽의 행려 구역으로는 하루에도 여러 차례 경찰이 다녀갔다. 진료가 시작되는 절차, 진료비를 받는 방법, 의료진의 마음가짐 그리고 때때로 마음이 불편해지는 이유도 밖과는 다른 홈리스 전용 구역.

홈리스를 향한 세상의 비틀어진 시선은 안타깝게도 의사를 환자 앞에만 있도록 놓아 두지 않았다. 그들의 생명을 살리기 위해서는 그들을 향한 세상의 선입견과 부당한 낙인들에 맞서 우리가 대신 싸워야 했다.

또 그들을 복지의 대상에서 제외하려는 사회적 압력에 맞서며 그들의 인권을 옹호해 주어야 했다. 어떤 이는 우리가 B병원의 교수로 자리를 보전하는 대가로 홈리스들을 떠안고 있다고 말하기도 했다. 그러나 나에게는 대학병원의 교수로 지위를 지키기 위해 해야 하는 나머지 일들이 응급실 구석의 홈리스 구역을 지키기 위한 대가처럼 느껴졌다.

좋아하는 일을 계속하기 위해서 최선을 다했지만, 점차 그 대가를 감당하기가 힘들어졌다. 그렇다고 눈앞의 홈리스 환자들을 버리고 떠날 수도 없었다. 하루하루 버텨만 가던 2010년 초, 아이티(Haiti)에서 대지진으로 20만 명의 사망자가 발생했다는 소식을 듣게 됐다. '가난'과 '생명'이라는 삶의 두 키워드가 가장 적나라하게 만나는 곳에서 봉사하며 산다면 병원에서 우리의 손길을 기다리는 이들에 대한 부채의식을 어느 정도 덜어낼 수 있을 것 같았다.

나는 B병원을 나와 필리핀의 안티폴로라는 작은 도시로 떠났다. 가난한 아이들을 돕는 비영리단체 사무실 옆에 방 한 칸을 얻어 낮에는 영어를 공부하고 밤에는 단체와 함께 봉사활동을 했다. 내가 맡은 일은 의료 조언과 함께 거리의 아이들에게 도시락을 준비해서 나누어 주는 것이었다. 어느 날 아이들이 받은 도시락은 먹지 않고 패스트푸드점 앞을 서성이고 있는 것을 보았다. 햄버거 세트 하나의 가격이 일곱 식구의 일주일 생활비인 곳에서 패스트푸드점 유리문의 안과 바깥은 B병원의 안쪽 응급실과 바깥쪽 응급실처럼 전혀 다른 세상 같았다.

문 하나를 사이에 둔 빛과 어둠의 명확한 대비가 도시락을 나눠 주면 아이들의 허기가 채워질 것이라고 단순하게만 생각했던 나를 숨고 싶게 만들었다. 안쪽에서 한 아이가 문을 열고 나오자 바깥에 있던 아이들은 감자튀김 하나를 얻어먹으려 모두 달라붙었다. 우리가 잠시 머물며 봉사하고 있다는 만족감을 얻으려 베푸는 작은 호의는 진정으로 아이들을 돕는 것이 아님을 깨닫게 됐다.

필리핀 안티폴로의 거리에서 아이들에게 도시락을 나눠 주며

필리핀에서 돌아와 보건대학원 유학을 준비하기 시작했다. 국제보건과 인도주의 지원에 대한 무지를 벗고 좀 더 체계적으로 공부하고 싶었다. 나는 스무 살 가까이 차이 나는 유학 준비생들과 함께 영어 공부를 하고 국제개발협력 워크숍에도 참석하며 내 과거와 나이를 잊고자 노력했다. 귀와 꼬리만 만져보고 코끼리를 그리는 애먼 실수를 범하지 않기 위해서였다. 하지만 정작 '언제, 어디서, 무엇을, 어떻게, 누구와' 할 것인지는 스스로도 확신하지 못했다. 유일하게 확실한 것은 '왜(why)'뿐이었다.

나는 두렵고 불안했다. 그렇지만 세상 어디든 가난과 생명이 교차하는 곳은 있고, 그곳이 언젠가 내가 있어야 할 곳인 것 같았다. Why 외의 나머지들은 어딘가 준비돼 있을 거라는 막연한 믿음으로 나는 그렇게 미래가 보이지 않는 여정을 시작했다.

그렇게 미국으로 가서 보건학 석사 과정을 밟아 가던 중 KOICA가 건립하고 있는 카메룬 국립 응급센터에서 한국인 원장을 구하고 있다는 소식을 듣게 됐다. 보건학을 공부한 응급의학과 의사로서 어느 정도 경력이 있는 사람을 필요로 했다. 당시 한국의 응급의학과는 역사가 20년도 채 되지 않았고, 내가 학위 과정을 마칠 때까지도 지원자가 나타나지 않았다. 사실 나는 임상의학을 떠나 보건 분야에서 자리 잡기를 원했고, 특히 필리핀에서의 모자보건사업에 관심이 컸다. 하지만 주위의 강한 권유와 외교부 개발협력국장님의 선한 영향력을 받아 고민 끝에 카메룬행을 결심했다. 돌이켜보면 가난과 생명, 국제보건과 응급의학의 완벽한 교차점이자 나의 why와 잘 맞는 what, when, where, who였다.

"제가
해 볼게요."

국제개발협력(ODA)을 통해서 한 나라 응급의료의 심장인 국립 응급센터를 개원하는 것은 세계적으로 사례가 없던 일이다. 매일 의문의 연속인 날들이었지만, 그중에서도 가장 시급한 것은 '이 나라의 응급실에는 어떤 환자들이 와서 어떤 용품을 얼마나 쓰고, 치료비로는 얼마나 내고 가는지' 감을 잡는 일이었다. 카메룬 정부와 학계에도 자료가 없어 막막하던 차에 나보다 한 달 먼저 파견된 간호봉사단원 그레이스가 "제가 해 볼게요"라며 선뜻 나서 주었다.

그레이스는 카메룬에서 가장 큰 병원의 응급실에 일주일간 상주하며 내원 환자를 전수 조사하기로 했다. 식사도 제대로 못 하고 화장실 가는 것도 참아가면서, 말이 잘 통하지 않는 환자와 현지 의료진의 눈치를 받아가며 간신히 자료를 만들었다. 우리는 그 자료를 통해 응급센터 개원을 위한 밑그림을 그릴 수 있었다.

나는 카메룬 국립 응급센터의 개원과 초기 운영을 위해 KOICA 봉사단과 자문단으로 간호사 12명, 응급구조사 6명, 의사 2명과 병원행정직 1명의 파견을 요청했다. 지금은 '프로젝트 봉사단'이라는 이름으로 한 기관에 여러 명의 단원이 파견되는 경우가 생겼지만, 당시에는 그야말로 파격적인 요청이었다. 다행히 내 무모한 제안을 당시 대사님과 KOICA 사무소장님께서 흔쾌히 받아 주고 부소장님이 잘 관리해 준 덕분에 나와 그레이스를 포함한 총 23명의 한국인 파견팀이 구성됐다. 2014년의 서부 아프리카는 에볼라 바이러스의 공포로 가득했지만 선발된 분들은 한 명도 빠짐없이 모두 카메룬에 와 주었다. 서울대학교병원은 봉사단원들의 파견교육을 무료로 해 주는 등 지원을 아끼지 않았으며, 의과대학 이종욱 글로벌 의학센터와 함께 자체 예산까지 사용해가며 체계적인 연구와 조언을 해 주었다.

파견된 의사들은 50개의 흔한 질병에 대해 현지에 적합한 처방을 작성하고, 주니어 단원들은 이 처방에 따른 물품 목록을 만들고 수량을 계산했다. 시니어 단원들은 그 물품들의 현지 시장을 조사하고, 나는 이 정보들을 모아 서울대 연구진이 조사해 준 현지 응급실 데이터에 대입해 물품 구매 계획을 완성했다. 나는 단원이 새롭게 파견될 때마다 "당신은 이곳의 완성에 꼭 필요한 퍼즐 조각입니다"라고 말해 주곤 했는데, 정말 모든 그림이 서서히 퍼즐처럼 맞춰지기 시작했다.

카메룬 현지 인력들이 배정되기 전, 한국인 파견 인력은 건물을 청소하고 모기장을 설치하는 등 본격적인 개원 준비를 시작했다. 장비들을 점검하고 제자리를 찾아가게 하면서 카메룬 동료들이 배정되면 교육할 내용도 미리 공부했다. 응급실, 중환자실, 수술실 등 한국에서 각자 일했던 구역에 따라 팀을 나누어 세팅했다. 간호부장이던 분은 병원 관리에 대해 전반적인 지휘를 해 주었고, 대학병원 총무팀장으로 정년 퇴임한 분은 이곳처럼 전산망이 없는 병원은 어떻게 운영되는지에 대해 젊은 시절의 경험을 노련하게 전수해 주었다. 전산을 전공하고 다시 의대를 졸업해 내과 전문의가 된 분은 하나부터 열까지 나의 모든 일을

응급센터 개원을 앞둔 한국인 파견인력들

도와주며 병원 전산시스템 구축을 도맡았고, 내가 B병원에서 일할 때 인턴이었던 후배 의사는 단원들 교육에 열정적으로 임해 주었다.

파견 후 1년 반이 넘도록 함께 노력한 끝에 2015년 6월 22일, 국립 야운데 응급센터가 드디어 첫 환자를 받았다. 병원이 개원하기까지 가장 큰 어려움은 돈이 없는 환자라도 우선 생명부터 살릴 수 있게 인식시키는 것이었다. 일부 고급 사립병원을 제외한 카메룬의 병원들은 진료비를 먼저 내야 환자를 치료해 줬다. 진료실에는 작은 침대 말고는 아무것도 없었다. 치료에 필요한 약과 주사기, 의료진이 착용하는 장갑, 심지어 의무기록지 종이까지 전부 환자가 밖에서 구매해 와서 의료진에게 전해 주어야 치료가 시작됐다. 시간이 생명인 응급의료가 원천적으로 불가능한 방식이었다.

우리는 모든 시스템을 응급의료의 목적에 맞게 새로 짜서 정착시켜야 했다. 야운데 응급센터는 환자 중증도를 분류해서 돈을 낼 수 없는 1급과 2급의 중증은 진료실에 미리 갖추어 둔 물품들을 우선 사용하게 하고 진료비는 치료가 끝난 후에 낼 수 있게 했다. 이처럼 후불제를 도입하는 것은 병원 경영에 있어 심각한 모험이었던 만큼 반대 의견도 많았다. 하지만 응급센터가 필리핀에서 본 패스트푸드점처럼 되지 말아야 했기에 나는 과감히 후불제 추진을 주장했다.

응급센터가 개원한 후 나는 크게 세 가지 역할을 맡아 왔다. 첫째는 병원 부원장, 둘째는 파견된 한국팀의 활동 지원과 총괄책임자, 그리고 가장 비중이 큰 셋째는 카메룬 응급의료체계 개발을 위한 각종 프로젝트의 현지 실무자다.

사실 양국 정부에서는 내게 병원장을 맡기려 했고, 그렇게 선발돼 카메룬에 왔다. 하지만 파견 후 개원을 준비하며 내 생각이 달라졌다. 한국이 병원의 운영 예산까지 지원하지는 않는데 내가 경영권을 가지는 것은 무리라고 판단했다. 또 언젠가 떠날 가능성이 있는 '현지어가 서툰 외국인'보다는 책임감 있는 현지인이 병원의 책임자가 되는 게 옳다고 생각했다. 나는 주카메룬대사님과 카메룬 보건부 장관께 뜻을 전했고, 대신 부원장에 해당하는 Medical Advisor를 맡아 각종 행정업무와 그에 필요한 회의·진료조언 및 현지 의료진 교육과 연구 지도 등을 수행해 왔다.

야운데 응급센터 직원들과 함께

불굴의 사자들 (Indomitable Lions)

‘불굴의 사자들’은 1990년 FIFA 월드컵에서 지난 대회 챔피언 아르헨티나를 제압하며 아프리카 최초로 8강에 오른 카메룬 국가대표 축구팀의 별명이다. 2000년 시드니 올림픽에서는 결승에서 스페인을 꺾고 금메달을 거머쥐었다. 가난 속에서도 세계를 제패한 불굴의 사자들을 카메룬 국민들이 얼마나 사랑했을지는 가히 짐작이 가고도 남는다. 그중 리고베르 송(Rigobert Song)은 카메룬 축구 국가대표 역사상 최다 출장을 기록하며 오랜 기간 주장을 맡아 ‘캡틴’으로 불렸다. 유럽리그에서도 일급 수비수로 명성을 날려 로저 밀라, 사무엘 에투와 함께 전세계 축구팬들이 가장 많이 기억하는 카메룬 사람이다.

어느 휴일 오후, 응급센터 의사 그룹채팅방에 한 장의 뇌 CT 사진과 함께 리고베르 송의 내원 소식이 올라왔다. 대표팀의 옛 동료가 의식이 희미해진 그를 데리고 급히 병원으로 왔고, 그의 CT 소견은 심각한 '지주막하 출혈'이었다. 뇌동맥 일부가 풍선처럼 부풀어져 있다가 갑자기 터져 버린 것이다. 센터 의료진은 즉각 산소와 진정제를 투여하며 그를 중환자실로 옮겼다.

우리는 지주막하 출혈의 두 가지 합병증을 막아야 했다. 첫째는 재출혈이고, 둘째는 혈관 경련으로 뇌경색이 오는 것이었다. 사망률이 매우 높은 재출혈을 막기 위해서는 뇌혈관 촬영 후 수술이나 시술을 해야 하는데, 카메룬에는 시설도 전문가도 없어 환자를 급히 외국으로 이송해야만 했다. 언제 이송하면 좋을지 나와 현지인 신경외과 의사의 의견이 엇갈렸다. 나는 초기에 재출혈이 가장 자주 발생하니 24시간 정도만 지켜보고 이송하자고 했고, 이송 중의 위험성을 우려한 현지인 의사는 72시간 후의 이송을 주장했다.

결국 24시간 후 이송이 본격적으로 준비됐다. 혈관 경련을 예방하는 데 도움이 되는 주사제 니모디핀을 카메룬에서는 구할 수 없다는 말을 환자 가족에게 전했더니 어떻게 된 일인지 240㎞나 떨어진 다른 도시에서 누군가가 약을 구해 왔다. 카메룬 대통령까지 적극적으로 나서서 에어앰뷸런스를 섭외해 주었고, 덕분에 우리는 약 48시간 만에 그를 프랑스로 호송하게 됐다.

그를 전원하던 날, 응급센터 주변에는 1000명에 가까운 인파가 모여들어 온종일 병원을 에워싸는 진풍경이 펼쳐졌다. 나는 군중 사이를 지나 중환자실로 올라갔다. 송의 호흡과 혈압 등 모든 징후는 안정적이었고, 진정제 투여가 중단되자 서서히 눈을 떴다. 마침 그때 송의 어머니와 부인이 카메룬 보건부 장관과 함께 면회를 왔다. 언제든 재출혈이나 혈관 경련이 올 수 있는 상태였지만, 일단 의식이 돌아온 것을 보자 모두 안도의 한숨을 쉴 수 있었다. 응급센터의 초기대응은 매우 성공적이었다.

"캡틴, 당신은 꼭 일어날 거예요!"
"캡틴, 우리가 함께 있어요!"
"CURY(야운데 응급센터) 고마워. 잘했어!"

완치돼 응급센터를 방문한 리고베르 송

병원을 둘러싼 군중의 산발적 함성은 어느샌가 한목소리의 응원가가 되었다.

"오레 오레 오레 오레! 위 아 더 챔프! 위 아 더 챔프!"

의료진은 커지는 응원가를 들으며 송을 구급차에 태웠다. 그곳에 있던 모두가 한마음으로 그를 위해 기도했다. 프랑스의 피티에 살페트리에(Pitié Salpetriere) 병원으로 이송된 송은 성공적으로 시술과 재활 치료를 마친 후 야운데로 돌아왔다. 그는 센터에 감사 인사를 하러 찾아와 주었고, 이후로도 한국에 대한 특별한 마음을 여러 차례 표현해 주었다.

리고베르 송의 이송 후 보름이 지난 2016년 10월 21일, 수도 야운데에서 100㎞ 정도 떨어진 에제카(Eséka)에서 과적 열차가 탈선해 전복되는 사고가 발생했다. 이 사고로 79명이 사망하고 550명이 부상했다. 오전 11시경 발생한 사고는 오후 1시가 조금 넘어서 우리 응급센터에 전해졌다. 국립 응급센터는 재난 시 의료대응의 구심점이므로 원장은 보건부 대책위원회에 차출됐고, 센터 내에서의 대응은 내가 통솔했다.

센터 소속의 의사와 간호사 4명이 보건부 장관과 함께 헬기를 타고 현장으로 갔다. 그들이 이송계획을 조언해 주는 동안 센터에서는 퇴원이나 전원이 가능한 환자를 이동시켰다. 그리고 병상을 최대한으로 확보하기 위해 침대를 치우고 바닥에 매트리스를 깔았다. 쉬는 날이던 직원들도 4시간 만에 센터로 돌아와 각자의 역할과 동선을 확인하며 부상자들을 맞을 준비를 했다.

차가 다닐 수 있는 도로 역시 망가졌기 때문에 사고가 난 선로를 급

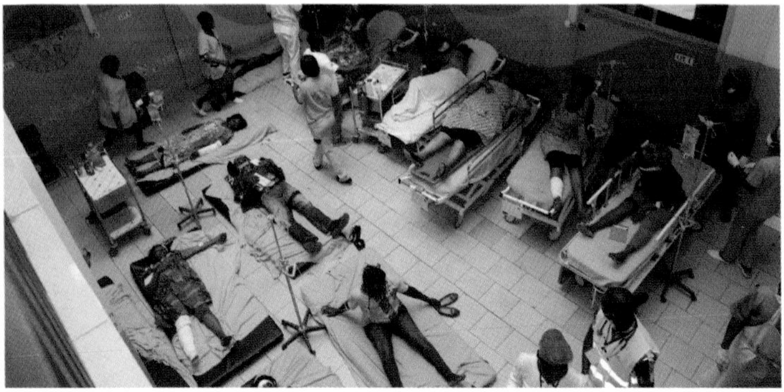

재난시 야운데 응급센터 치료구역

히 복구해 열차로 환자를 이송해 와야 했다. 다음 날 새벽 야운데 기차역 환자집합소로 환자들이 도착했고 센터 진료부장이 기차역으로 나가서 도착한 환자들을 중증도에 따라 분류해 각 병원으로 보냈다. 중증으로 분류된 환자들은 모두 야운데 응급센터로 왔지만, 모든 과정이 체계적이고 현장에 파견된 의료진이 상당 부분 처치해 놓아 센터에서는 큰 혼란 없이 부상자들을 안정시키고 수술을 진행했다. 덕분에 야운데로 이송된 부상자 중에서는 사망자가 한 명도 나오지 않았다.

불행한 재난이었지만 의료대응만은 응급센터가 중심이 돼 선진국 이상으로 침착하고 능숙하게 진행했다. 짧은 시간에 이런 수준에 올라선 동료들이 나는 참 놀랍고 자랑스러웠다. 현지 언론에서도 1998년 열차 폭발사고 시의 의료대응과 비교하며 칭찬을 아끼지 않았다. 이처럼 야운데 응급센터는 평범한 병원의 역할을 넘어서 카메룬 국가 응급의료체계의 구심점이 돼 갔다.

우물에 빠진 아이

리고베르 송 치료와 에제카 탈선사고 대응은 야운데 응급센터가 세상의 주목을 받은 큰 사건이었다. 하지만 내 마음에 제일 깊게 남은 환자는 따로 있다.

응급센터가 개원한 지 일주일 정도 됐을 때였다. 열 살 남자아이가 새벽에 물을 긷다가 우물에 빠지는 사고를 당해 센터로 이송돼 왔다. 아침에 출근했는데 현지인 마취과 의사가 막 응급 소생 처치를 하고 있었다. 나는 그와 함께 아이를 중환자실로 데려가 인공호흡기를 걸었다. 하지만 사실은 가망이 없다고 생각했다. 인공호흡기를 최대로 가동해도 체내 산소농도는 생존할 수 있는 최저의 수치를 훨씬 밑돌았기 때문이다. 이런 경우는 폐가 이미 다 망가져서 하루이틀도 목숨이 붙어 있기 힘들 뿐 아니라 생존하더라도 뇌 기능은 완전히 돌아오지 않을 가능성이 매우 컸다. 그런데 놀랍게도 바로 다음 날 인공호흡기를 뗄 수 있을 만큼 폐가 회복되기 시작했고, 퇴원 후 학교에 잘 다녔다. 그 아이를 KOICA 사무소에 초대해 대사님께서 가방을 선물하기도 했다. 야운데 응급센터의 개원이 1주일 만 늦었어도 그 아이는 지금 세상에 없었을 거라는 생각에 보람으로 가슴이 벅찼다.

우물에 빠졌다가 살아난 아이와 아이의 부모를 KOICA 행사에 초청했다.

응급환자를 살리려면 병원 외에도 여러 요소가 필요하다. 전문 인력, 119와 같은 이송체계, 통신 등 모든 요소를 제대로 갖춰야 생명을 구할 수 있다. 그런 포괄적인 체계를 만들기 위해 한국에서는 고(故) 윤한덕 중앙응급의료센터장님 같은 분들이 그리도 애써 왔던 것이고, 이국종 교수님도 응급외상 분야에서 헌신해 오셨다. 이렇듯 응급의학과를 비롯한 다양한 분야에서 전국의 수많은 교수와 전문가들이 좀 더 나은 체계를 만들기 위해 오늘도 수고하고 있다.

나는 카메룬에서도 이런 국가 응급의료체계가 개발될 수 있도록 아주 작은 초석을 놓았다. 한국 응급의학의 비교적 초창기 멤버인 나는 한 나라의 응급의료가 어떻게 발전돼 가는지 두 눈으로 직접 보아왔다. 물론 국내 대학병원의 여러 선후배 전문가들의 도움이 든든한 버팀목이 됐다.

나는 지금까지 꽤 많은 응급의료체계 개발 프로젝트를 파트너들과 함께 만들고 수행했다. 개원 전에는 서울대학교병원과 함께 응급의료 현황을 조사하고 의료인력의 역량이 어느 정도인지 평가하면서, 병원 경영 방안과 진료비 제도 등 다양한 분야의 연구를 진행했다. 에볼라 바이러스의 위협이 성큼 다가왔을 때는 이에 대비한 긴급 지원을 마련하기도 했다.

개원 후에는 현지 의과대학에 시뮬레이션 의학교육센터를 수립하고 모바일 웹페이지를 통해 진료 조언을 제공하는 KOICA 민·관협력사업을 추진했다. 더불어 응급의료인력 교육, 응급환자 데이터베이스 구축, 중환

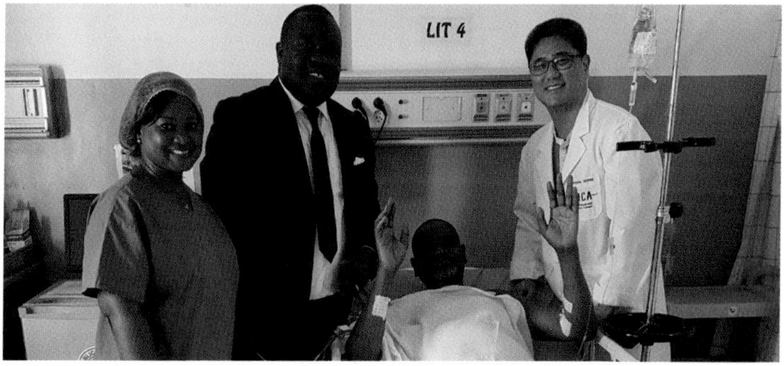

카메룬 최초의 뇌경색 혈전용해술 성공 환자. 뇌경색으로 한쪽 팔다리가 마비돼 왔으나 치료에 성공한 후 양팔을 번쩍 들고 웃음을 지었다. 원장, 중환자실 수간호사와 함께.

자 이송시스템 향상, 응급센터 수립의 효과 평가 등을 내용으로 하는 국립 응급센터 건립 사후관리사업과 현지 인력들의 국내초청 연수사업 등을 서울대학교병원을 도와 수행했다.

한편 서울소방재난본부는 카메룬 국립소방대와 협력 관계를 맺고 2017년부터 5년간 총 50대 이상의 구급차를 지원하기로 했다. 그 결과 2020년 현재 카메룬 국립소방대가 전국에 보유한 구급차의 59%가 서울소방재난본부가 제공한 차량이다. 그 외에도 멸균기와 의학실습 교육 장비들을 국내외 기업체에서 후원받는가 하면 고장난 한국산 기자재의 보수, 원내 소방시설 설치, 환자복 도입 등 다양한 현장사업을 진행했다.

이 밖에 돈이 없어 치료를 포기하려는 환자들이 계속 치료를 이어갈 수 있도록 후원기금을 마련하고 운영하는 것 역시 나와 파견인력의 중요한 일이었다. 우리는 개인 후원자들이 모아준 기금으로 2019년까지 371명에게 약 8000만 원을 후원했다. 현지의 평균 소득을 고려하면 무려 8억 원 정도의 가치가 있는 큰 액수다. 파견인력들의 이런 헌신이 환자의 생명을 최우선으로 하는 야운데 응급센터 정신의 원동력이 되기도 했다.

어느 날, 센터의 한 간호봉사단원은 절도행위 중 칼에 찔린 환자에게 수혈해 줄 혈액을 구하기 위해서 밤늦게까지 택시를 타고 돌아다녔다. 하지만 끝내 혈액을 구할 수가 없었다. 그러자 원장의 명령까지 어겨가며 자신의 피를 헌혈해서 가져다 주었다. 범죄자라 손가락질하며 수술을 거부하려 했던 현지 의료진은 그 혈액을 받은 뒤 수술을 하지 않을 수가 없었다.

벽화 앞 현지 인력의 모습

"Piece of Africa(아프리카의 조각)." 나의 멘토는 "아프리카를 향한 마음의 조각이 심장에 박혀 있는 사람들이 있다"고 했다. 그 말씀을 들었을 때는 당연히 내 안에도 그 조각이 있을 것이라고 생각했다. 하지만 처음부터 다시 시작하고 싶을 만큼 부끄러운 일도 많았고, 허세를 부린 일들이 생각나 현지인들에게 미안한 마음이 든 날도 많았다. 나는 그렇게 부끄럽고 미안해지고 나서야 '아프리카의 조각'이 무엇인지 진정으로 알게 됐다. 이 글을 읽은 여러분이 어디에 있든, 자신의 심장 속에 박혀 있는 이 귀한 조각을 발견한다면 가난과 생명이 만나는 곳, 카메룬 야운데 응급센터를 기억해 주길 바란다.

"우리의 따뜻한 마음(heart)과 함께 당신의 심장(heart)은 계속 뛸 것입니다(Avec nos cœurs chauds, ton cœur continuera de battre)" - 야운데 응급센터 치료실 벽화 중

CHAPTER 11

우간다

외과
정혁준

우연 같지만 우연이 아닌 땅, 우간다

어느 개그 프로에서 “간다 간다 우간다” 하며 웃음을 안겨준 기억이 있다. 그런데 나와 우리 가족이 2017년 1월 30일 우간다로 가는 일이 실제로 일어났다.

나는 대장항문외과 세부 전문의 자격을 취득한 뒤 대장항문질환 전문병원인 H병원에서 근무했다. 전문의로 자리를 잡고 기획부장을 겸하며 사회와 병원으로부터 인정받아 안정되고 편안한 생활을 했다. 그런 때에 병원을 사직하고 경력단절을 감수하면서 해외봉사를 떠난다는 것은 어리석고 바보 같은 일이었다. 하지만 KOICA에서 글로벌협력의사 프로그램을 새로 시작했다는 것을 들은 2016년 초부터 계속해서 나의 마음 깊은 곳에서 뜨거운 무언가가 솟구쳐 올라왔다.

하지만 객관적이고 현실적으로 생각해 보면 사회생활이 가장 왕성한 시기인 40대 초반에 여러모로 득보다는 실이 많은 길을 선택하는 것은 모험과 같은 일이었다. 무엇보다 혼자가 아니라 아내와 자녀들이 함께해야 하는 일이기에 고민이 많을 수밖에 없었다.

나는 2007년 5월부터 2009년 10월까지 군대체복무제도인 국제협력의사제도를 통해 KOICA 국제협력의사로 근무했다. 방글라데시의 수도 다카에서 1시간여 떨어진 한국·방글라데시 친선병원에서 외과 전문의로 근무한 경험이 있던 터라 해외 파견에 대한 막연한 두려움이나 불안감은 없었다. 하지만 아프리카 우간다에 대한 구체적인 지식이나 계획이 없었기에 한편으로는 약간 당황스러웠다.

갓 외과 전문의를 따고 혈기왕성하던 무렵, 모든 것을 다 이룰 수 있을 것 같은 마음으로 갔던 방글라데시에서 나는 오히려 부족함을 느끼고 그곳의 사람들에게서 많은 것을 배웠다. 그때 좀 더 나 자신을 갈고닦아 의학적으로 전문가가 된 후에 다시 도움이 필요한 곳으로 와야겠다는 다짐을 했다. 그렇게 국내로 돌아온 지 7년이 되던 해인 2016년부터 내 마음 밭에는 해외봉사의 갈증이 심해졌다.

그러던 어느 날 아내가 서점에서 샀다며 유덕종 선생님이 쓰신 <우간다에서 23년>이라는 책을 건넸다. 책을 받고는 "아니 갑자기 이런 책을 왜 샀어? 우간다 갈 것도 아닌데…"라고 말끝을 흐리며 책장 한쪽에 책을 꽂아 놓았다. 하지만 나와 아내는 하나님으로부터 받은 은혜를 도움이 필요한 사람들에게 돌려주려는 마음을 이심전심으로 가지고 있었다. 그러기에 아내 그리고 두 아들과 함께 예배를 드리고 가족회의를 한 후 KOICA 글로벌협력의사 프로그램을 통해 해외봉사를 함께 가자는 합의는 쉽게 이뤄졌다.

"어느 나라를 가고 싶냐"는 질문에 여섯 살과 열 살인 두 아들은 큰 상관은 없다고 했다. 그러니 나와 아내는 특정한 나라는 아니지만 막연히 아프리카로 가고 싶어 했다. 그리고 2개월쯤 지나 KOICA가 제2기 글로벌협력의사 모집공고를 냈다. 모집공고에서 외과 분야를 확인하는 순간 소름이 돋고 머리가 쭈뼛쭈뼛 섰다. 외과 해당국이 다름 아닌 우간다였기 때문이다. 순간 아내가 사 온 책이 생각났다. <우간다에서 23년>…. 나는 책장에서 책을 꺼내 서둘러 읽어 내려 갔다. 네이버에 우간다를 검색해도 별 정보가 없고 구글에 조금 정보가 있는 정도였기에 <우간다에서 23년>은 우간다의 상황, 특히 의료 상황에 대해 알 수 있는 최고의 정보창고였다.

KOICA 글로벌협력의사 프로그램에 지원한 후 '이제 슬슬 해외에 갈 준비를 하고, 근무하는 병원에도 사직 의사를 밝혀야겠다'고 생각하면서 면접 날짜와 시간을 확인하는데, 뭔가 좀 싸한 느낌이 왔다. 다른 여러 과는 같은 날 오전에 면접을 한꺼번에 하는데, 외과만 오후로 잡아 놓았고 면접시간도 생각보다 길게 잡혀 있던 것이다.

'아뿔싸! 지원자가 나만 있는 게 아니구나.'

Ndere center에서 우간다 종족 춤 공연 후 현지인들과 함께

갑자기 정신이 번쩍 들었다. '전문의 10년 이상의 경력을 가진 사람이 이 프로그램에 지원할 리 없으니 내가 지원하면 당연히 되겠지' 하고 너무 안일하게 생각해 온 교만한 내 마음에 겸손의 의미가 새겨지는 순간이었다. '우간다에 갈 수 있게 된다면 정말 최선을 다해서 감사한 마음으로 활동하겠다'는 독백이 절로 나왔다. 그런 나를 긍휼히 여기셨는지 외과 글로벌협력의사로 선발돼 마침내 2017년 1월 30일 우간다행 비행기에 온 가족이 몸을 싣게 됐다.

꿈꾸고 계획한 내시경·복강경 수술이 현실로

이후 A부터 Z까지 모든 것을 챙기고 치열하게 1년을 보내니 병원 생활에 대한 자신감과 애착도 강해졌다. 특히 내가 근무하는 물라고 병원은 우간다 최고의 국립병원이고 인턴과 레지던트 선생님들이 수련을 받는 병원이다. 레지던트 수련 후에는 전국의 병원에서 외과 전문의로서 활약한다.

파견 2년 중 1년이 지난 시점에서 걱정이 하나 생겼다. 소규모 현장 사업으로 무엇을 진행할지 갈피를 잡을 수 없었기 때문이다. 처음 파견될 때만 해도 내시경과 복강경 수술을 가르치고 발전시켜야겠다고 생각했는데, 파견되던 해에 리모델링을 마무리하고 오픈 예정이던 뉴물라고(New Mulago) 병원은 여전히 공사 중이고, 주변에 물어 보아도 언제 개원할지 아무도 모른다고 했다(사실 3년 반이 지난 지금도 아직 정식 개원을 못 하고 있다). 또 근무 중인 물라고 병원에는 내시경이나 복강경 수술을 할 수 있는 장비가 아예 없었다. 현장사업으로 쓸 수 있는 5만 달러로는 장비를 구입하기에 턱없이 부족했다.

어쩔 수 없이 대장항문외과 수련에 관한 생리검사나 항문직장 초음파와 같은 내용으로 현장사업을 진행할지 고민하던 중 결장암이나 직장암 등 대장내시경 검사가 반드시 필요한 환자들까지 비용문제 때문에 시행하지 않는 경우가 허다하다는 사실을 알게 됐다. 또 대장내시경만 있으면 내시경 검사로 조직을 얻을 수 있는데, 이것이 여의치 않아 조직검사를 위해 수술을 하는 경우도 적지 않았다. 대장내시경이 정말 절실한 상황이었다.

복강경 수술 장비도 필요하지만 기계 자체가 비쌀 뿐만 아니라 수술을 시행하기 위해서는 다른 기구도 있어야 하니 일단 복강경 수술 장비는 다음 기회로 미루고, 내시경을 세팅하는 것을 목표로 현장사업을 진행할 계획을 세웠다.

일단 현장사업 주제는 정했으나 문제는 돈이었다. 내가 한국의 대장항문 전문병원에서 사용하던 내시경 장비의 경우 위내시경 1대와 대장내시경 1대 그리고 내시경 본체를 합쳐 1억 5000만 원 했던 터라 5만 달러로는 가격을 맞추기가 어려웠다. 어렵사리 수소문해 일본 후지필름사에서 나오는 기본형 내시경 본체에다 위내시경·대장내시경 스

코프 각각 1대와 내시경에 필요한 기자재 등을 포함해 최대한 저렴하게 견적을 받았지만 현장사업 최대 한계치인 5만 달러를 훌쩍 뛰어넘었다. 중고물품이나 기증물품은 KOICA가 금하고 있어 이 또한 불가능했다. 결국 한국의 업체에 연락해 사정할 수밖에 없었다. 궁하면 통한다고, 정말 사정사정해 엄청난 금액을 할인받아 5만 달러로 어느 정도 장비를 갖출 수 있을 것 같았다.

그래서 신바람 나게 사업을 준비하고 있는데, 우간다 메드이큅(Medequip)이라는 업체로부터 후지필름사의 후지논 내시경에 대한 설명회와 내시경 워크숍을 한다는 전갈을 받았다. '우간다에 후지필름 딜러가 있었나?' 하며 워크숍에 가 보니 이집트인 의사와 매니저가 운영하는 업체로, 이집트 의료진을 초청해 내시경 워크숍을 진행하고 있었다. 내가 구입하려는 모델도 광고하고 있었고, 그것이 우간다 현지 주력 모델로 보였다. CEO를 만나 상의하자 한국 업체와 비슷한 수준으로 해주겠다기에 유지·보수 등을 고려해 현지 구입을 진행하게 됐다.

그러나 기쁨도 잠시, 내시경실을 마련해 주겠다고 확답했던 대장항문외과 분과장과 외과과장이 "지금 마땅히 사용할 장소가 없다"고 말을 바꿨다. 가능한 곳이라고 보여준 외과 사무실 내의 방은 너무 비좁았다. 이 때문에 2018년 5월부터 리노베이션 중인 뉴물라고 병원을 수차례 방문했다. 그러나 공사가 끝나지 않아 내시경 장비를 설치할 수 없었다.

결국 급한 대로 새로 개원한 여성병원(Specialized Women and Neonatal Hospital)에 장소를 얻어 내시경실을 마련했다. 하지만 문제는 여전히 남아 있었다. 회복실을 위한 공간이 없고, 내시경 자동세척기를 설치할 장소와 수도시설도 없었다. 하늘이 무너져도 솟아날 구멍이 있고 문은 두드리는 자에게 열린다고 했는데, 이 난국을 타개할 방법이 막막했다. 그러던 차에 내시경실과 맞닿아 있는 여자 화장실이 눈에 들어왔다. 크기도 적지 않고 수도시설도 돼 있어 안성맞춤이었다. '옳다구나' 하는 마음으로 전기공과 수도공을 수소문해서 전기공사와 수도공사를 진행해 마침내 자동세척기도 설치했다.

그렇게 우여곡절 끝에 현지와 한국의 물품들로 내시경을 세팅하고, 2018년 12월부터 환자들에게 내시경을 시행했다. 또 레지던트와 외과 전문의들을 대상으로 내시경 교육을 시행하고 2019년 3월 말에는 현장사업을 종료하면서 물라고 병원에 내시경실을 기증하는 기증식도 가졌다.

KOICA-MULAGO 내시경실 기증식

정말 정신없이 지낸 시간이었다. 동분서주라는 말을 실감했다. 하지만 레지던트들이 내시경을 경험하고 싶어서 본인들이 내시경 세척과 뒷정리를 하는 것을 보면서 가슴이 찡했다. 모든 것이 이젠 추억으로 남아 있다. 그에 대한 보상인지 2017~2018년 외과 분야 최우수 의사로 선정돼 새로 연장하는 2년을 기쁜 발걸음으로 내디딜 수 있었다.

내시경 센터가 정착돼 열심히 시술하던 2019년 5월 초 외과 과장을 통해 반가운 소식을 듣게 됐다. 내시경을 시행하고 있는 여성병원에 복강경 기계가 있는데, 소화기 외과에서 월요일마다 복강경 수술을 시행할 수 있도록 협조공문을 보냈더니 가능하다는 답변이 왔다는 것이다. 그러면서 "닥터 정이 복강경 수술을 주도해 소화기 외과 환자들을 수술하면 좋겠다"고 했다. 복강경 장비가 너무 비싸서 엄두도 내지 못하고 있던 상황에서 정말 반가운 소식이었다.

우간다에서 복강경 수술은 아직 초기 단계라 맹장염으로 불리는 충수돌기염이나 담석증 등 간단한 수술부터 시작해 조금씩 그 범위를 확대해 가는 것이 좋다. 그러나 빌려 쓰는 입장인 데다 매주 월요일 계획된 수술만 가능해 결장암·직장암 환자와 염증성 장질환 환자 등 시작 단계치고는 큰 수술 위주로 시행할 수밖에 없다. 수술시간도 짧게는 2~3시간, 길게는 5~6시간 걸리는 터라 마취과 의사들과 간호사들이 잘 협조할지가 의문이었는데, 수술이 큰 문제 없이 끝나고 환자들이 잘 회복돼 현지 의료진도 만족해했다. 다만 복강경 장 절제술에는 여러 가지 기구들과 문합기 등이 필요한데, 이 부분을 환자들에게 부담시키는 것이 풀어야 할 숙제다.

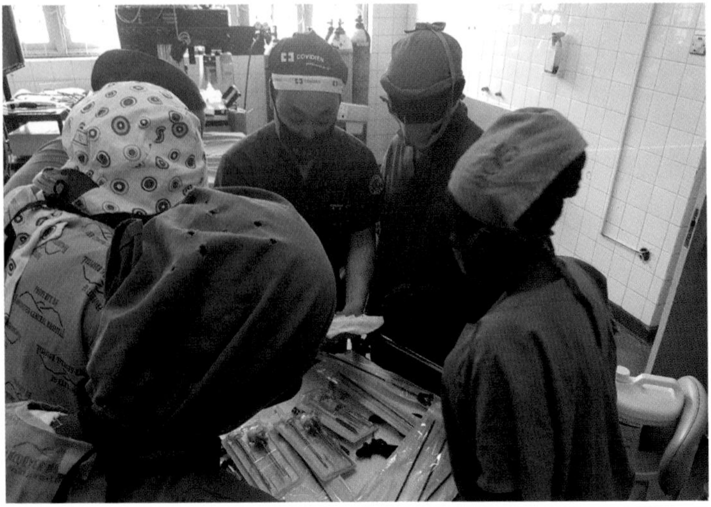

복강경 기구 교육

진단과 치료 내시경을 시행하고 복강경 수술을 하면서 때로는 '이게 꿈인가, 생시인가' 할 때가 있다. 우간다 파견 전에는 내시경과 복강경 수술 위주로 진료와 교육을 하고 이곳에서 이들 두 분야를 아우르는 미세침습수술이 발전하는 데 기여하고 싶다는 생각을 가졌다. 하지만 현실이 너무 달라 이내 그런 생각들이 꿈으로 여겨졌다. 그러나 꿈만 같던 일들이 미약하지만 이뤄지고 있다. 그런 가운데 2019년 하반기에 소화기 외과에서 미세침습수술 분과장으로 뽑혀 이제 어떻게 내시경과 복강경을 교육하고 전파할 것인지 행복한 고민에 빠져 있다.

2019년 한 해 내시경 시술과 복강경 수술을 시행하고 가르치면서 너무 감사하고 행복한 1년을 보냈다. 2018~2019년 외과 분야 최우수 의사로 다시 선정돼 2년 연속 외과 분야 최우수 의사의 영예도 누렸다. 어쩌면 외국인 외과의사의 노고에 대한 격려인지도 모른다. 그래도 좋다. 나름대로 의미 있는 결과가 쌓이는 것은 분명한 사실이기 때문이다. 그러기에 다시 새롭게 마음을 가다듬고 나눔과 협력의 길을 향해 나아갈 것을 다짐해 본다.

2018-2019 외과 분야 최우수 의사로 선정됨

감사합니다,
선생님

오충현

우리는 모두 자기 나름의 정체성을 가지고 살아가고 있다. 그 정체성은 '나는 누구인가?'라는 질문에 대한 대답이고, '나는 무엇을 해야 하는가?'에 대한 열쇠이며, '나는 어떻게 살아야 하는가?'에 대한 나침반이다. 모두 다 개별적인 존재인 우리는 서로 다른 정체성을 가지고 각자의 삶에 의미를 부여하며 살기 때문에, 살아가는 일에 있어서는 정답이란 것이 있을 수 없다.

더 나은 인생이라는 비교 자체도 무의미하다. 다만 자기가 물었던 '나는 누구인가?'라는 질문에 얼마나 충실히 대답했고, 스스로에게 만족하는지 여부만이 중요할 뿐이다. 만약 자기 내면의 목소리에 귀를 기울이지 않고, 자신의 모습으로 살아오지 않았다면, 어느 극작가처럼 묘비명에 '내가 우물쭈물하다가 이렇게 될 줄 알았다'라고 쓰게 될지도 모른다. 그만큼 '내가 누구인가'라고 생각하는 정체성은 삶에 중요하다.

우리는 한 가지 정체성만을 가지고 살아가지 않는다. 시간에 따라서 우리의 정체성은 변화한다. 누군가의 아들이고 딸이었던 우리는 누군가의 배우자가 되고, 누군가의 어머니와 아버지가 되기도 한다. 한때는 학생이었던 사람이 선생님이 되기도 하고, 책을 읽고 감동받은 독자가 책을 내고 작가가 되기도 한다. 또 우리는 여러 가지 정체성을 동시에 가지고 살아간다. 누군가는 동시에 두 아이의 아버지이고, 아내의 남편이며, 부모님의 아들이고, 의사이면서, 여행하기를 좋아하고, 환자를 치료하는 의사이면서, 대한민국에서 태어난 한국인일 수 있다.

이런 여러 정체성은 때론 우선순위를 정하기 위해 다투기도 하지만, 대체로는 서로 평화롭게 공존하면서 '나'를 만들어 간다. 이처럼 우리는 많은 정체성을 내 안에 가지고 나를 만들어 간다. 우리가 개별적인 존재로서 특별한 것처럼, 전 세계에서 활동하는 글로벌협력의사도 모두 다른 정체성을 가지고 활동한다.

하지만 모든 글로벌협력의사들이 공유하는 세 가지 정체성이 있다. 아픈 사람을 치료하는 의사이면서, 대한민국에서 태어나고 자란 한국인이고, 코스모폴리탄이라는 정체성을 동시에 가지고 있다. 그리고 이 세 가지 정체성이 글로벌협력의사를 글로벌협력의사로 만들어 주고 전 세계에서 지금도 가슴 뛰는 일을 할 수 있게 만들어 준다. 이 세 가지 정체성을 가진 글로벌협력의사는 많은 사람의 노력과 감사한 마음 덕분에 오늘도 지구촌 곳곳에서 살아가고 있다.

글로벌협력의사는 아픈 사람을 치료해 주는 의사이자 그 의사를 가르치는 의사다. 의사는 누군가의 삶에 있어서 꼭 필요한 존재이지만 쉽게 만들어지지도 않고 스스로 혼자 책 보고 공부한다고 의사가 될 수도 없다. 의과대학을 다니면서 비싼 등록금을 대주신 부모님이 없었다면, 학기마다 끊임없이 공부시키고 재시험을 보면서까지 한 학년씩 올려주신 교수님이 없었더라면, 잠 못 자고 환자 옆에서 밤을 새우던 인턴과 레지던트 기간이 없었더라면, 첫 수술을 시키고 칼을 뺏지도 못하고 옆에서 마음 졸이던 교수님이 없었더라면, 우리는 지금의 의료지식과 기술을 가지고 전 세계에서 이렇게 활동하지 못했을 것이다. 아울러 우리를 그렇게 의사로 만들어 주신 그분들이 우리를 부족함 없는 의사로 만들어 주셨을 뿐만 아니라, 우리가 가르치는 의사들도 만들고 있음을 알고 있다. 그리고 언젠가는 우리가 가르치는 의사들도 또 그렇게 다른 의사를 가르칠 것이다.

글로벌협력의사는 대한민국에서 태어나고 자란 한국인이다. 해외에서 살다 보면 한국인으로 태어났음이 얼마나 감사한 일인지 저절로 느끼게 된다. 해외에 살고 있지만, 한국에서 코로나19가 폭증할 때는 마음이 답답했고, 한국이 코로나19를 잘 막아내는 지금은 그렇게 자랑스러울 수가 없다.

그런 가운데 우리가 당연하게 여겼던 일들이 같은 시대에 지구라는 작은 별에서 함께 태어난 누군가에겐 너무나 당연하게 무시될 수도 있음을 알게 된다. 배우고 싶을 때 교육을 받을 수 있고, 아플 때 치료받을 수 있고, 자신의 생각을 자유롭게 말할 수 있고, 배고플 때 밥을 먹을 수 있는 것이 당연하지 않고 감사한 일임을 깨닫는다.

글로벌협력의사는 이처럼 당연하지 않은 기본적인 혜택뿐만 아니라 한국인이 낸 세금으로 운영되는 대한민국 공공기관에서 인건비와 생활비를 받으며 해외에서 활동하고 있다. 대한민국이 한국 의사를 해외로 보낸 것은 1968년 니제르 등 아프리카에 정부파견의사를 파견한 데서 출발한다. 대한민국 무상원조기관인 KOICA는 대한민국의 의사를 요청하는 손길은 늘어나는 데 비해 정부파견의사에 지원하는 사람이 부족해지자 1994년부터 한국이 해외에 건립해 준 병원에서 36개월 활동하면 군역을 대신할 수 있는 국제협력의사제도를 운영했다.

이 제도를 통해서 젊은 전문의를 요청하는 해외의 수요에 맞출 수 있었고, 젊은 의사들은 군의관이나 공중보건의사로 가는 대신 국제협력의사에 지원해 해외에서 의료활동을 할 수 있었다. 하지만 2012년 이후 군역을 대신해 국제개발협력 활동을 하는 국제협력요원제도가 폐지되면서 2015년에는 대한민국이 해외에 파견해 의료활동을 하는 의사가 사라지고 말았다. 하지만 세계 각지에서 들어오는 한국인 전문의 요청을 고려해서 KOICA는 다시 글로벌협력의사제도를 만들어 2016년 1기 글로벌협력의사를 파견한 후 지금까지 이어오고 있다.

지금 이렇게 글로벌협력의사가 활동할 수 있는 것은 1960년대 말 대한민국도 어려웠지만 더 어렵던 아프리카 나라들과 함께하기 위해서 의사를 파견한 대한민국 정부, 그런 정부의 요청에 응답해 열악한 환경을 견디면서 일을 한 정부파견의사와 국제협력의사 선생님들, 그분들의 진정성 있는 활동에 감사하고 대한민국에 의사를 요청했던 나라들, 그 요청에 응답해서 현재 글로벌협력의사제도를 운영하는 KOICA, 그리고 대한민국에 세금을 내고 있는 모든 대한민국 국민들 덕이다. 이들 중 하나라도 없었더라면 우리가 글로벌협력의사라는 이름으로 지구촌 곳곳에서 아픈 사람들과 함께할 수는 없었을 것이다.

글로벌협력의사는 코스모폴리탄이라는 정체성을 가지고 있다. 코스모폴리탄을 우리말로 번역하면 '세계시민' 정도가 적당할 듯하다. 세계시민이라는 정체성을 가지고 있다는 말은 우리 아이가 배가 고프면 마음이 아프듯이 에티오피아에 있는 아이가 아프면 눈물이 나온다는 이야기다. 지구상에 살고 있는 모든 사람에게 공감할 수 있고, 그들의 문제가 아니라 우리의 문제로 받아들이고 있는 사람들이 세계시민이다. 그리고 우리의 문제에 공감한 세계시민은 공감한 문제에 대해서 책임도 가진다. 책임감의 범위는 우리 가족의 울타리를 넘어서, 대한민국이라는 울타리를 넘어서, 세계에 사는 모든 사람으로 넓어진다.

그렇게 관계의 범위를 넓힌 사람들은 백신을 맞지 못해서 단순한 설사로 죽는 아이들을 보면 눈물이 난다. 그래서 글로벌협력의사에 지원하고 활동한다. 하지만 세계시민으로서 정체성을 가지고 있다고 해서 모두 다 세계시민으로 활동할 수 있는 것은 아니다. 세계시민으로서 국경이라는 울타리를 넘었을지라도 다른 문화와 언어를 가진 경계선을 넘어갔을 때 우리는 이방인일 뿐이다. 그런 이방인인 우리를 이곳에서 살게 허락해 준 이 나라 사람들에게 감사한다.

아울러 말도 잘 통하지 않고, 문화와 환경도 잘 모르는 이국의 의사에게 아픈 몸을 맡겨 준 환자분들에게 감사한다. 가끔은 "내가 가진 모든 지식과 기술을 동원해도 당신을 살릴 수가 없다"고 고백해도 "그 또한 신의 뜻이 아니겠느냐"며 너무 걱정하지 말라고 오히려 위로해 주고 웃으며 돌아가는 환자를 볼 때면 가슴 깊이 존경의 마음이 든다.

또 능숙하지 않은 현지어와 영어로 이야기해도 귀를 쫑긋 세우고 들어주는 동료 의사들과 의대생들에게 감사한다. 이곳의 문화와 환경을 이해하지 못해서 환자 치료를 잘 못하고 있을 때 무심한 듯 조언을 해 주고, 자기의 경험을 함께 나눠 주는 이곳의 동료 의사들과 교수님들께 감사드린다. 이분들이 있기에 글로벌협력의사가 코스모폴리탄으로서 하루하루를 살아갈 수 있다.

이렇게 글로벌협력의사로 살아가는 것은 모든 것에 감사할 일이며, 모든 사람이 감사드릴 사람들이다. 그래서 부모님, 은사님, 정부파견의사, 국제협력의사, 대한민국 정부, KOICA, 무엇보다도 우리를 글로벌협력의사로 받아들여 준 지구촌 곳곳의 환자분들과 동료의사들에게 이렇게 큰 소리로 외쳐 주고 싶다.
"감사합니다, 선생님!"

글로벌협력의사가 궁금하신가요?

232

1	**글로벌협력의사 프로그램이란?**
	대한민국 국제원조기관 한국국제협력단(KOICA)이 운영하는 프로그램으로서 개발도상국에 파견되어 우리의 경험과 기술을 나누어 주고 현지 의료인력의 역량강화 및 의료서비스의 질적 개선에 기여할 수 있는 열정을 갖춘 의사를 모집·선발합니다.
2	**파견기간**
	2년(추후 연장 가능)
3	**자격요건**
	• 전문의 자격증이 있는 의사 • 원활한 활동을 할 수 있을 정도의 영어 (혹은 파견 지역 공용어) 구사 능력을 갖춘 자 • 해외업무를 수행하는데 심신이 적합 또는 건강한 자 • 신원조사, 신용조회 및 신체검사 실시 결과 특이사항이 없는 자 • 남자의 경우 군필자 또는 면제자 • 국가공무원법 제33조의 결격사유에 해당되지 아니한 자 • 관용여권 발급에 결격 사유가 없는 자 • (우대) ODA 자격증 소지자

4 업무내용

- 파견국가 의료인력 교육
- KOICA 파견 인력 안전 및 건강 관리
- 파견 기관과 협의하에 부여된 업무 수행
- 의료 환경 개선 등을 위한 현장사업
- 기타 파견 국가 보건의료 향상을 위한 업무

5 지원내역

- **출국/귀국** 항공권, 이전비, 관용여권 등
- **생활 경비** 직접인건비, 체재비, 가족수당, 주거비 등 (파견 국가 및 전문가 등급별 상이)
- **활동 경비** 출장비, 현장사업비, 활동지원비 등
- **건강/안전** 상해 및 재해보험, 긴급의료지원 서비스(국제SOS 보험), 건강검진, 예방접종 등

6 선발절차

서류전형	면접전형	신체검사 신용조회 신원조회 파견기관 동의	국내교육	해외파견

※ 상기 내용은 한국국제협력단의 내부 사정 및 제도 개선에 따라 일부 변경될 수 있습니다.

문의 | **글로벌협력의사 대표이메일** | globaldoctor@koica.go.kr
월드프렌즈 코이카 프로그램 모집상담파트 | 1588-0434

World Friends Korea는 무엇인가요?

1

월드프렌즈코리아(World Friends Korea, WFK)는 대한민국 정부파견 해외봉사단의 통합 브랜드이며, 6개 부처에서 9개 봉사단 파견 프로그램을 수행하고 있습니다. 도움을 받는 나라에서 도움을 주는 나라로 성장한 경험을 통해, 개도국 이웃들의 어려움을 누구보다 공감하는 우리 국민들의 따뜻한 마음을 표현하는 이름입니다.

소관부처	수행기관	프로그램	특징	활동기간
외교부	한국국제협력단 (KOICA)	WFK KOICA 봉사단	한국 최초 해외봉사 프로그램, 개도국 파견지역 커뮤니티에 장기 거주하며 직종별 전문 봉사활동 실시	1~2년 (세부 사업별 상이)
		WFK KOICA 자문단	행정·교육·보건 분야 퇴직전문가를 파견하여 개도국 공공정책 컨설팅	1년 (최대 3년)
산업통상자원부	정보통신산업진흥원(NIPA)	WFK NIPA 자문단	정보통신, 산업기술 분야 퇴직전문가를 파견하여 개도국 공공정책 컨설팅	1년 (최대 3년)
과학기술정보통신부	한국연구재단 (NRF)	WFK 과학기술지원단	이공계 전문인력 파견을 통한 개도국 과학기술발전 지원	1년 (최대 3년)
	한국정보화진흥원 (NIA)	WFK IT 봉사단	IT전문인력 파견을 통한 개도국 IT인재양성 지원	4~6주
보건복지부	대한한의약 해외의료봉사단 (KOMSTA)	WFK 한의약봉사단	현지 의료인 세미나 및 보건교육 등 각종 질병 예방과 의료서비스 제공	1주, 1~2개월
교육부	한국대학사회봉사협의회 (대사협)	WFK 청년봉사단	대학생 단기봉사 프로그램, 현지 대학생과 공동 활동 포함	2~3주
	태평양아시아협회(PAS)			
	국립국제교육원 (NIIED)	WFK 교원해외파견 사업	우수한 교원 파견을 통한 개도국의 기초교육향상 지원 및 균등하고 보편적인 교육기회 제공	1년 (최대 3년)
문화체육관광부	세계태권도평화봉사재단(TPC)	WFK 태권도 평화봉사단	태권도 봉사단 파견을 통한 국가의 위상과 세계평화 제고	4~5주, 6개월이내

※ 코이카(KOICA)는 WFK 봉사단을 총괄 및 조정하는 역할을 하고 있으며, 한국 해외 봉사단의 발전을 위해 노력하고 있습니다.

월드프렌즈코리아 KOICA 봉사단

2

최초 파견 연도부터 현재까지 파견이 진행되고 있는 KOICA 봉사단은 2019년 통계 기준 2694명의 단원이 전 세계 46개 국가에서 활동하였으며, 다양한 유형의 프로그램을 제공하고 있습니다. 개발도상국 주민들과 함께 생활하며 기술 지원 및 교류 활동을 통해 그들의 삶의 질을 높이고, 더 나아가 우리나라와 파견국의 상호이해 증진에 기여하게 됩니다.

프로그램	활동내용	활동기간
일반 봉사단	개발도상국 수요를 바탕으로 공공행정, 교육, 농림수산, 보건, 기술환경에너지 등 다양한 전문 직종에서 봉사활동	1~2년
프로젝트 봉사단	분야별 전문성을 갖춘 기관과의 협력을 통해 중장기 성과 달성을 목표로 하는 성과 중심의 팀제 프로젝트형 봉사활동	1년
NGO봉사단	개발도상국에서 활동하는 NGO 사업현장에 파견되어 개발 프로젝트 지원 활동	1년
KOICA-UNV 봉사단	KOICA와 UN봉사단 파견기관인 UNV 공동 프로그램으로 개도국 주재 UN 산하기관에서 활동	6개월(+6개월)
청년중기봉사단	대학생 팀제 봉사활동	5개월
드림봉사단	특성화고/마이스터고 졸업 또는 졸업예정자가 본인의 재능을 전수	1년

KOICA 해외봉사단은 개발도상국의 지속 가능한 경제·사회 발전을 돕기 위한 공적개발원조 ODA 사업의 하나입니다

VISION
비전

- 나눔과 배움을 통한 인류의 공동번영
- 개발도상국 주민들의 삶의 질 향상
- 개발도상국과의 우호협력 및 상호이해 증진
- 봉사활동을 통한 자아실현 및 성장

3

파견 유형별 지원조건

일반봉사단 / 프로젝트 봉사단

- 봉사정신이 투철한 만 19세 이상 대한민국 국적 소지자
  (만 50세 이상, 해당 직종 10년 이상 경력자는 시니어 단원으로 지원 가능)
- 남자는 군복무를 필했거나 면제된 자
- 해당 국가가 요청하는 자격기준에 해당하는 자
- 해외여행에 결격사유가 없는 자
- 해외봉사활동을 수행하는 데 심신이 적합 또는 건강한 자
  - 의료 환경이 열악한 개도국에서 활동해야 하는바, 엄격한 신체검사 기준 적용
- 국가공무원법 제33조의 결격사유에 해당되지 않는 자

KOICA-UNV 봉사단

- 파견기간 기준 만 18~29세인 자
  - 남자의 경우 병역을 필했거나 면제된 자
- 아래 기준을 충족하는 대학 또는 대학원 재학·휴학생·졸업예정자(졸업자 제외)
  - (대학생) 파견 이전 대학 2학년 1학기까지 수학 완료한 자(학기 수정)
  - (대학원생) 파견 이전 대학원 입학 완료한 자
  - 대학원 재학 중인 취업자의 경우 국내교육 시작일 전까지 개별적으로 신분정리 (퇴직, 휴직 등) 필요
- 국가공무원법 제33조의 결격사유에 해당되지 않는 자
- 해외봉사활동을 수행하는 데 심신이 적합 또는 건강한 자
- 해외여행에 결격사유가 없는 자
- 해당 파견기관이 요청하는 자격기준(전공, 경력 등)에 해당되는 자

KOICA 자문단

- 해외봉사 의욕을 가진 관련 직종 퇴직(예정) 전문가로서 해당 직종 10년 이상 실무 경력이 있는 자 또는 이와 동등한 자격이 있는 대한민국 국적을 가진 자
- 영어(수원국 공용어)로 강의, 자문 및 보고서 작성 등이 가능한 자
- 기타 파견 대상국에서 요구하는 자격을 갖춘 자
- 6개월 이상의 해외생활이 가능한 신체 건강한 자

다양한 분야와 직종을 선발합니다

4

공공행정

파견국의 행정제도 효율화 및 정책 선진화를 위하여 전자정부 및 개발계획 수립지원, 관광자원 개발 등 개도국의 정책적 역량 개발 강화에 힘쓰고 있습니다.

직종 | 관광, 사회복지, 국제개발

보건·의료

의료혜택을 받기 어려운 마을 단위에서의 보건교육과 모자보건, 식수개발, 위생교육 등의 기초 보건환경 개선에 주력하고, 전반적인 의료시스템 구축 업무도 함께 수행하고 있습니다.

직종 | 간호, 물리치료, 보건일반, 임상병리, 방사선

교육

역량개발과 자립발전의 토대로 생산적이며 궁극적으로 경제 및 사회개발에 직접 기여하게 됩니다. 초등교육, 컴퓨터, 태권도, 직업기술교육 등의 직종으로 중점 파견되고 있습니다.

직종 | 과학교술, 미술교육, 미용교육, 요리, 유아교육, 음악교육, 제과제빵, 청소년 개발, 체육교육, 컴퓨터교육, 특수교육, 초등교육, 한국어교육, 사서, 수학교육

농림수산

품종개량, 관개 수리, 작물 다양화, 양식기술 등 농어촌의 생산성 향상과 소득증대를 위한 선진기술을 전수하고 있습니다.

직종 | 농업, 수산/어업, 지역개발, 축산, 식품가공

기술환경에너지

현재 개도국에서는 급격한 인구증가와 도시화에 따른 사회기반시설 구축과 국토의 효율적 이용에 대한 필요성이 증대되고 있습니다. 교통 및 에너지 인프라 개선, 국토관리 기반 조성, 방송통신 등의 분야로 파견되고 있습니다.

직종 | 건축, 기계, 섬유/의류, 용접, 자동차, 전기/전력, 전자, 환경

당신의 해외봉사활동을 지원해 드립니다

5

국내훈련, 현지적응훈련 및 봉사활동기간 중
안전하고 효과적인 활동을 위해 각종 지원을 받게 됩니다.

파견 전	**국내훈련기간** • 국내훈련수당 및 훈련용품 지급 • 예방접종 및 휴대용 안전장비 지급 • 재해보상 **출국준비기간** • 여권 및 비자발급 지원 • 왕복항공료 및 화물탁송료 지원 • 출국준비금 지급

파견 후	**현지정착비** • 주거비 및 생활비(파견국 물가수준 고려 지급) **활동지원** • 활동물품 구입비, 현장사업 및 협력활동 지원비 등 • 봉사단 유숙소 혹은 바우처 제공 **건강 및 안전관리** • 재해 및 상해보험 가입 • 긴급후송서비스(SOS) 재난 발생 시 안전한 지역으로 이송 • 의료지원 상해·질병 치료비 지원 • 구급함, 재난키트 등 현지 활동에 필요한 안전장비 지원 • 연간 정기 건강검진 실시 • 24시간 의료 및 심리 상담

활동 종료·귀국 후 다양한 기회가 제공됩니다

(단, WFK봉사단별로 지원내역은 차이가 있습니다.)

6

커리어적립금

장기간 해외봉사활동을 마치고
귀국한 해외봉사단원의
국내 정착지원을 위해 활동기간 중 매월
일정 금액을 적립하고 귀국 후 지급합니다.

취업지원

해외봉사활동을 통해 습득한
현지어 능력, 지역 전문성, 프로젝트 경험 등을
사회에서 활용할 수 있도록 취업지원센터
(개발협력 커리어센터/http://job.koica.go.kr)를
운영하고 있습니다.

KOICA/WFK 장학사업

KOICA는 월드프렌즈 해외봉사단이
봉사활동 경험을 활용하여 개발협력 전문가로
성장할 수 있도록 귀국단원 장학제도를
운영하고 있습니다.

봉사활동 분야·지역 및 국제개발협력
관련 전공의 국내외 소재 대학원에
재학 중이거나 입학 예정인
귀국 단원이 장학제도를 통해 선발되는 경우,
학비의 75%(연간 1000만 원 한도)를
지원받을 수 있습니다.

창업지원(리턴 프로그램)

글로벌 인재의 사회적경제 분야
취·창업을 목표로, 입상팀들을 대상으로
사업비 지원, 정기교육 및 컨설팅을 통해
창업 전 사업화 경험을 지원합니다.

국내 봉사단 네트워크

귀국봉사단 모임인
한국해외봉사단원연합회(KOVA) 및
국내 지역별 커뮤니티(수도권 포함 총 9개)가
조직되어 있으며, 협력단에서는 해당 조직들의
활동을 지원합니다.

국제협력활동 지원

임기만료 귀국 단원은
KOICA 신입직원 채용 시 가산점을 부여하며,
코디네이터 지원 시 우대하고 있습니다.

더 좋은 세상 함께 만들어 가요

7

KOICA는 글로벌 사회적 가치를 실천하는 대한민국 개발협력 대표기관으로서 사람 중심의 평화와 번영을 위한 상생 협력의 ODA를 추진해 나가고 있습니다.

KOICA는 우리 정부의 대개도국 무상협력사업을 전담 실시하는 외교통상부 산하 정부출연기관으로 1991년 4월 설립되었고 프로젝트, 해외봉사단파견사업, 국내초청연수 등 다양한 사업을 통해 개발도상국의 경제·사회 발전을 지원하고 있습니다.

해외봉사단 모집선발상담센터

주소

글로벌인재교육원(서울) 교육본부 1층 코이카봉사단 모집상담파트
(서울시 서초구 헌릉로 15-18 (구 염곡동 304-3))

운영시간

09:00~18:00 (점심시간 12:00~13:00)

전국공통전화

1588-0434

홈페이지

http://kov.koica.go.kr

모집상담 이메일

kov1@koica.go.kr

ODA란?
(공적개발원조)

개발도상국의 경제·사회 발전 및 복지증진 등을 주목적으로 하는 원조로, 공적개발원조 또는 정부개발원조라고도 하며, KOICA에서는 교육·보건의료·농림수산·공공행정·범분야 등 다양한 분야에서 국별협력, 글로벌연수, 해외봉사단 파견, 민관협력 등의 형태로 세계 52개 협력국에서 ODA를 수행하고 있습니다.

KOICA 협력국 리스트
(52개국)

SDGs 소개
(지속가능개발목표)

국제사회는 글로벌 문제를 해결하고자 경제성장, 사회발전, 환경지속성을 3대 축으로 하는 지속가능개발목표(Sustainable Development Goals, SDGs)를 채택했습니다. SDGs는 2030년까지 세계빈곤을 종식하고 지속가능개발을 구현하기 위한 17개 목표와 169개 세부목표로 이루어져 있습니다.

주재원 3개국

프랑스(OECD 대표부)
미국(UN 대표부)
제네바(Geneva 대표부)

아시아 14개국

네팔	방글라데시	캄보디아
동티모르	베트남	파키스탄
라오스	스리랑카	피지
몽골	아프가니스탄	필리핀
미얀마	인도네시아	

월드프렌즈사무소 3개국

태국 부탄 솔로몬 군도

지

중남미 8개국

과테말라	에콰도르	파라과이
도미니카(공)	엘살바도르	페루
볼리비아	콜롬비아	

월드프렌즈사무소 2개국

온두라스 코스타리카

초판 인쇄 2020년 12월 21일
초판 발행 2020년 12월 21일

지은이 글로벌협력의사 오충현 외 10인
발행인 손혁상
발행처 한국국제협력단
주소 경기도 성남시 수정구 대왕판교로 825
전화 031.740.0114
팩스 031.740.0247
홈페이지 www.koica.go.kr

펴낸이 정고은
편집 방수진
디자인 최봄미나
펴낸곳 (주)꽃길
등록번호 제2018-000024호(2017년 1월 9일)
주소 서울특별시 마포구 월드컵로 163-3, 1층
전화 02.336.8212

ISBN 979-11-962677-7-3(03810)
값 14,000원